書下ろし

むじな屋語蔵（かたりぐら）

世迷い蝶次（よまよいちょうじ）

三好昌子

祥伝社文庫

目次

第一章　雨ノ語　あめのかたり

其の一

明和（めいわ）四年（一七六七年）、三月に入ったばかりの頃のことだ。

数日、雨が続いていた。春に降（ふ）る雨は細く長く、柔らかい。だからといって、好（この）んで濡（ぬ）れて行く者もいまい。今、目の前を傘（かさ）も差さずに行過（ゆきす）ぎた女を見て、蝶次（ちょうじ）はふとそんなことを思っていた。

「もうし、姉（あね）さん」

蝶次は女に声をかけた。

女は立ち止まると、ゆっくりと蝶次を振り返った。ほつれ毛一本もなく綺麗（きれい）に結（ゆ）い上げた髪が、銀粉（ぎんぷん）を被（かぶ）っているようだった。細い柳葉（やなぎば）を思わせる眉（まゆ）と、切れ長の目、すっと鼻筋が通ったなかなかの美人だ。年齢は、三十歳を幾（いく）つか超えているくらいだろうか……。

蝶次を見る女の眼差（まなざ）しが、怪訝（けげん）そうに揺（ゆ）らいでいる。

蝶次は、傘を女の方に差し出した。

「使（つこ）うておくれやす」

　女は静かにかぶりを振った。銀の雨粒が散って、女の顔を濡らす……。

　荷を積んだ二十石舟が、傍らの高瀬川を下って行くのが見えた。舟人は雨避けの笠を被り、棹を川面に突きたてて、舟を進めている。土手に植えられた柳の芽吹いたばかりの若葉の色が、雨のせいかいつもより濃い。

　季節は確かに流れているのに、女の周りだけ時が止まっている、なぜかそんな気がした。

「だいぶ暖こうなっては来ましたが、雨に濡れてはお身体に障ります」

　蝶次は一歩近づくと、傘を女の頭上に差しかけた。

「おおきに。せやけど、傘を持つ手が空いてしまいへんのや」

　そう言われて、改めて視線を落とすと、確かに女は左の小脇に何かを抱えている。少しでも濡らさないためか、右の袖で覆っていたが、蓋の持ち手は覗いていた。柳の色を映したような肌が、艶やかに光っている。どうやら青磁の壺のようだ。

「お気遣い、ありがとうさんどす」

　女はやんわりとした口調で断ると、再び歩き始めた。別に急ぐ訳でもないその足運びは、自ら望んで雨の中にいるようにも見える。

(おかしな女やな)

蝶次は周囲を見渡した。

高瀬川沿いに南北に走る樵木町通を下り、三条通へと向かう辺りだった。対岸には加賀の前田家の京屋敷がある。他にも毛利家、宗家といった藩邸が並んでいるが、川のこちら側には、料亭や出逢い茶屋の裏口があった。

蝶次は視線を、そうした裏口の一つに向けた。柳の枝や暖簾の向こうの木戸から、一人の女が顔を覗かせている。

女は蝶次を見ると、まっすぐに傘の中に走り込んで来た。料亭「早瀬」のお美代だ。

年は十六歳。「早瀬」でも一番若い、下働きの女中だった。

お美代は小鹿を思わせる目で蝶次を見上げると、急いた口ぶりでこう言った。

「女将さんのお使いどすねん。蝶次さん、傘、貸しておくれやす」

蝶次は傘を差し出そうとして、ふとその手を止めた。

「お美代、今の女、何もんか知ってるか?」

お美代は蝶次の背後に視線を向けた。雨脚が強くなり、いつしか周囲も灰色に煙っている。

「誰もいてしまへんえ」と、お美代は言った。

蝶次は振り返った。つい今しがた別れたばかりなのに、確かに女の姿は消えている。川端から、どこかの小路にでも入ったのだろうか……。

「どないなおなごはんどした？」

お美代に尋ねられ、つい「別嬪やった」と言いそうになり、慌てて「壺を抱えた、おかしな女や」と言い換える。

「壺……。淡い色の青磁の壺？」

「せや、その壺の女や」

「それやったら、むじなどすわ」

お美代は、妙な言葉を平然と言い放った。

「『むじな』て、お前、真昼間に出てくるもんなんか？」

驚いて問い返すと、お美代は真顔でかぶりを振った。

「化け物のことやあらしまへん。『むじな屋』て質屋の話どす。店のお客はんから聞いたことがおますのや。なんや、えろう変わったもんを質草に取って、金を貸してくれる店なんやそうどす。持ち歩いてる壺の中には、お金が入っているとか……」

まさか金の入った壺を、おなごの身で持ち歩くような不用心なことはするまい、と少々呆れながら、蝶次はさらに尋ねた。

「壺の女は、その『むじな屋』のもんなんか？」

「主人がおなごやそうどすえ。名前は、確か……」

お美代は考える素振りを見せてから、一言「むじな屋のお理久」と言った。

「せやさかい、『むじな』で通ってはんのどす」

「あないな別嬪を、貉呼ばわりか？」

咎めるように言った蝶次に、お美代は唇を尖らせるようにしてこう答えた。

「なんや、怖いお人のようどすえ。『むじな屋で金を借りたら、家に死人が出る』て言うもんかていてます。『むじなのお理久』ていうより、『閻魔の使い女』や、て……」

その時だ。突然、女の声が響いた。

「お美代、まだそこにいてはんのか？」

「早瀬」の裏口から、年配の女が顔を出してこちらを見ている。仲居頭のお松だ。

「早う行かんと、また女将さんに叱られるえ」

お美代はちろりと舌を出すと、蝶次に言った。

「ほな、傘を借りますえ」

お美代は蝶次から傘を受け取ると、着物の裾を絡げ、カラコロと下駄の音をさせて駆け出して行った。

「そない急ぐと、転ぶえ」

声をかけたが、すでに聞こえてはいないようだ。

裏口から中へ入り、細長い土間を抜けると厨がある。壁沿いに並んだ戸棚から、黒塗りの椀を取り出しているお松がいた。

暖簾越しに、忙しなく動いている料理人の姿が見える。丁度、昼を過ぎた頃だ。今夜の仕込みに余念がないのだろう。

一つ二つと椀を数えていたお松が、蝶次に気づいて顔を上げた。

「女将、いてるか？」

「奥の座敷にいてはります。蝶次はん、暇やったら、少しは店を手伝うたらどうどす」

まるで放蕩者を見るような目だ。蝶次はいつものように、へらっと笑って聞き流す。

「俺が手を出したら、店は潰れる。せやさかい、女将も嫌がっとるんや」

お松は呆れたように眉を上げ、それきり何も言わずに暖簾の向こうへ消えた。

「早瀬」の女将のお里は、座敷で花を活けている最中であった。菜の花の黄色と緑に、桃の花色がなんとも艶っぽい。部屋の中は薄暗いのに、お里の周りにだけは、春の日が差し込んでいるようだ。

お里は相変わらず若く見えた。今年で四十二歳になるが、結い上げた髪は黒々としていて、顔にほとんど皺もない。

お里は蝶次をちらと見ただけで、すぐに手元に視線を戻した。鮮やかな手つきで桃の小枝を払うと、派手な赤絵の京焼の壺に投げ入れてから、命令口調で蝶次に言う。

「そこの床の間に置いとくれやす」

久しぶりに顔を見せた息子に、さっそく仕事を言いつける。いつものことではあったが、蝶次にはそれが何か物足りない。

「あんた、仕事はどないしたんや？」

ろくに顔を見ようともせずに、お里は突き放した口ぶりでさらに言った。

蝶次は火鉢の上の鉄瓶を取ると、自分で茶を注いだ。一口啜る。さすがに良い茶葉を使っているな、と妙なところで感心してしまう。

「今月、神島の旦那は内勤番や。外回りやないさかい、さして御用はあらへん」

神島修吾は、西町の同心だった。京都町奉行所は東町と西町に分かれていて、内勤と外勤が、ひと月ごとに替わる。

「あんたみたいな放蕩もんが、お上の御用を手伝うとるやなんて、ほんまに世も末やな」

お里は皮肉じみた口ぶりで言った。

お里は、元は祇園の芸妓であった。呉服商「須磨屋」の源次郎に見初められ、十八歳で蝶次を産んだ。その頃の源次郎には子供がいなかった。生まれたのが男児であったので、赤ん坊はすぐに須磨屋へ引き取られた。

お里は生まれたばかりの蝶次を須磨屋に渡した。同時に、相当な手切れ金がお里の懐に入った。子供と一切の縁を断つことが、正妻のお篠の出した条件であったのだ。

お里はその金を元手にして、料亭「早瀬」を開いた。

後に源次郎夫婦には娘が生まれた。結局、蝶次は須磨屋から勘当され、店は腹違いの妹が婿を取って跡を継いでいる。

そんな蝶次が、初めて実母のお里を訪ねた時、投げかけられた言葉は「阿呆」であった。

──せっかく大店の主人になれる筈やったのに、あんたは、ほんまに阿呆や──

──俺が須磨屋を継いだら、母親面して転がり込むつもりやったんやろ。生憎やったな。これで須磨屋の財産は、あんたの懐には一銭も入らへん。俺を売った金で、これだけの店が持てたんやさかい、これ以上、欲をかかんこっちゃ──

己の子供を売って、大金をせしめた女。蝶次にとって、お里はそういう女であった。

「どうせ小遣いが欲しゅうて、来たんどっしゃろ」

お里は懐から財布を取り出すと、蝶次の前に、小玉銀を数粒置いた。

「博打には、手を出すんやないで」

お里にもっともらしいことを言われると、蝶次は無性に腹が立つ。

別に金に困っている訳ではなかった。神島の御用を手伝うようになって以来、そこそこやっていけるだけの手当ては貰っている。

役目柄、己の行動には気をつけるようにもなった。博打はおろか女の失敗もない。

　それでも、蝶次はお里に金をせびる振（ふ）りをする。それだけが、母子（おやこ）を繋（つな）いでいる絆（きずな）に思えるからだ。

「ほな、これで」と、蝶次は当たり前のような顔で小粒を握（にぎ）った。

　出て行こうとした時、「待ちよし」と、珍しくお里が引き止めた。

「『駒屋（こまや）』の芳太郎（よしたろう）はんが、あんたに会いたがってはったえ。蝶次が顔を出したら、『駒屋』に寄るように言うてくれ、て」

「駒屋」は庭師（にわし）だった。須磨屋も早瀬の庭も、手を入れたのは駒屋だ。その縁で、今もお里は芳太郎への時候（じこう）の挨拶（あいさつ）は欠かさないし、芳太郎の方も、株仲間（かぶなかま）の寄り合いや身内の集まりには、必ずといって良いほど早瀬を利用する。

　蝶次は、十九歳の時、駒屋に弟子（でし）入りしていたことがあった。

「親方が、今さら、俺に何の用や」

　修業が性に合わず、結局、半年も持たずに駒屋を飛び出した。そのことを思えば、顔を出すのはやはり気が引ける。

　お里は蝶次の問いには答えず、いったん座敷を出て行ったが、やがて、その腕に風呂敷包みを抱えて戻って来た。

「今夜の客に出す菓子や。手ぶらでは行けしまへんやろ」

お里は半ば強引に、菓子の包みを蝶次に押し付けた。

其の二

三条通を西へ向かい、南北に走る富小路通が交わる北西の角に、「駒屋」はあった。蝶次は早瀬を出たその足で、さっそく駒屋芳太郎を訪ねていた。

雨はすでに止んでいる。ところどころ裂けた雲間から、午後の日の光が差し込んでいた。

格子の門を開け、一歩足を踏み入れると、懐かしい家に戻った気がした。蝶次には自分の家と呼べるものがない。幾ら実の父親の許で育てられたとはいえ、家を仕切るのは養母のお篠だ。母親だと思い込んでいた頃ならばともかく、妹が生まれ、お篠が実母ではないと知った時から、そこは蝶次の居場所ではなくなった。

せっかく弟子にして貰いながら、蝶次は駒屋をやめてしまった。お里の口利きだったのが、気に入らなかったせいもある。

何よりも、一日中、大きな鋏や鉈を振り回したり、枝葉に顔や手足を引っ掻かれたり、泥にまみれて下草をむしったりするのが、一度遊びを覚えた身には耐え難かったのだ。

芳太郎の許を出てからは、再び博打と遊びに明け暮れた。元々手先が器用だったことから、細工したサイコロで如何様をやって刃傷沙汰になり、とうとう牢に入れられてしまった。

怪我を負わせた相手が、さる藩の中間だった。罪が重くなるところを、父親の須磨屋が面識のあった神島に頼み込み、罰金刑で済ませて貰った経緯がある。三年前の明和元年（一七六四年）、蝶次が二十二歳の時のことだった。

玄関で声をかけると、若い女の声が応えた。足早に出て来た女の姿に、蝶次は一瞬息を呑んだ。

「蝶次、さん？」

女の方が先に気がついた。整った卵型の顔、三日月のような眉の下の、眦のやや上がった大きな目。その目でまっすぐに相手を見るのが、昔からの癖であった。

「お冴ちゃんか……」

やっと女の名前を口にした。芳太郎の娘のお冴であった。蝶次がこの家に住み込んでいた頃は、確か十一歳だった。当時の蝶次は、この娘の眼差しが苦痛だった。純真な輝きに満ちたその双眸が、蝶次の闇へ向かう心にはあまりにも眩しすぎたからだろう。

あれから六年が経つ。蝶次は二十五歳、お冴は十七歳になっていた。

「えらいご無沙汰してしもて、すんまへんなあ」

蝶次は丁寧に頭を下げた。

最初は驚いていたお冴だったが、すぐに満面の笑みでこう言った。

「来てくれはるのを待ってました。お父はんが、どうしても蝶次に会いたいて言わはるもんやさかい、二日ほど前に『早瀬』に使いをやったところどすねん」

嬉しげなお冴の顔に、ここへ来て良かった、と蝶次は心から思った。

「やっと来たか、早う入れ」

義理を欠いたことを叱られると思ったが、芳太郎は蝶次を見るなり、すぐに部屋へ引き入れた。

障子を締め切ったので、たちまち部屋は青い闇の中に沈んでしまう。芳太郎の煙管の先に灯る赤い点が、蛍のように瞬いていた。

間もなく、お冴が茶菓子の盆を手に、部屋へ入ってきた。お冴は円い明かり障子の前の文机に、茶と菓子を盛った器を置くと、「ほな、蝶次さん、ごゆっくり」と言って出て行ってしまった。

芳太郎は何やら考え込んでいる風だ。別段、蝶次を叱りたい訳でもないらしい。時間を持て余した蝶次は、芳太郎より先に菓子に手を伸ばした。淡い緑色をした蒸し饅頭だ。

「お先にいただきます」

「『草月庵』の『茎立』やな。この春に売り出したばかりや。評判が良うてなかなか買えんて話やったけど、さすがは『早瀬』の女将や」

芳太郎は酒よりも甘い物に目がない。「茎立」は菜の花のことだ。抹茶を練りこんだ皮の真ん中が割れていて、中の黄身餡が覗く様子が、菜の花に見えなくもない。

「お前、お上の御用を手伝うとるそうやな」

芳太郎に問われ、蝶次は饅頭を頬張ったまま頷いて、もごもごと答える。

「西町の旦那に付いてます」

すると、芳太郎はおもむろに「実はな」と話し始めた。

「二条室町に『唐津屋』て絹問屋があるんや」

芳太郎は腕組みをすると、視線を丸窓の外に向けた。そこからは、駒屋自慢の中庭が望めた。雨露を含んだ山紅葉の青葉が、午後の日を受けて玻璃のきらめきを見せている。

「唐津屋は駒屋の上得意でな。先代の佐平治はんは庭作りが好きで、わしの親父の代からの付き合いや」

芳太郎の父は「芳継」といった。その頃から、「駒屋」は「駒芳」でも通るようになっていた。

「親父は、佐平治はんに唐津屋の寮の庭作りを任されとった。今から三十年ほど昔のことや。以来、寮の庭の手入れは駒芳が請け負うていた」

蝶次はわずかに小首を傾げた。普通、庭を維持するには、最低でも春と秋、暮れの三回は手を入れなくてはならない。にもかかわらず、六年前、蝶次が駒屋にいた間、一度も唐津屋から仕事が来た覚えがなかったからだ。

「十年前のことや」

芳太郎はぷかりと煙草をふかすと、再び蝶次に目を向けた。

「駒芳の若い衆の一人が不始末を起こしてしもうてな」

「庭木をあかんようにしてしもうた、とか？」

 つい口が滑った。その途端、芳太郎は蝶次を睨みつけた。

「阿呆っ、黒松に鋏入れて、葉を赤うしたのは、お前やないか」

突然の剣幕に、蝶次は思わずひっと首を竦めた。

松の新芽は、一つ一つ手で摘んでいかねばならない。新芽摘みを怠れば、松の枝葉が伸び放題になり、形が整わなくなってしまう。しかし、素手で摘むのは辛い。無数の針の中に手を突っこむようなものだ。見習いだった蝶次は、新芽を摘まされた時、芳太郎や兄弟子等の目を盗んで、鋏を使ってしまったのだ。

「喜十はお前とは違うんや。仕事で手を抜くようなことはせえへん」

そう言うと、芳太郎は肩を落とした。

「そのお人が、何かしはったんどすか？」

蝶次はさりげなく話を戻した。これ以上、自分の過去の所業を思い出されては困る。

「喜十郎ていうんやが、この男が唐津屋の娘と恋仲になってしもうた」

芳太郎は、喜十郎の腕を見込んで寮の庭を任せていた。主人の佐平治は、庭作りに相当入れ込んでいたらしく、月に一度は駒屋を呼んだ。喜十郎は、その度に娘と顔を合わせる。一言二言、言葉を交わすようになり、やがて二人の仲は深まっていった。

佐平治は喜十郎の人柄をよく心得ていて、二人が夫婦になるのに反対はしなかった。だが、母親のお津矢は、「大事な娘を庭師になんぞやれん」と、頑として聞き入れなかったのだ。

元々、お津矢は家付き娘だった。佐平治は唐津屋の入り婿だ。ここぞという時に立場が弱い。

「それ以来、駒屋は唐津屋には出入り禁止や。娘との仲を無理やり裂かれた喜十は、駒芳に迷惑をかけたことを気に病んだのか、とうとう姿を消してしもうた」

「喜十郎はんは、今、どこにいてはるんどすか」

「音沙汰なしや。身内もいてへんさかい、どこに行ったかも分からへん」

「わてが駒屋にいてた頃、喜十郎はんの話は一度も耳にしたことがおまへん」

「当たり前や。喜十郎の名前は、禁句やったさかい……」

腹立たしげに言い放ってから、芳太郎は残念そうに顔を歪めた。

「腕のええ職人でな、駒屋にとっても痛手やったわ」

芳太郎は眉間に深い皺を刻み、煙管でポンと煙草盆を叩く。

「それで、寮はどないなったんどす？」

「丁度、喜十がおらんようになった頃、佐平治はんが亡うなってな。その後、お津矢さんは、娘の千寿さんと二人で、寮に住むようになった」

「娘さんは、惚れた男との仲を裂いた母親の側にいてはったんどすか？」

「どないに不満があっても、母親は母親やろ。跡を継いだ息子の佐吉さん、これは、千寿さんの六歳上の兄さんなんやが、佐平治はんが亡うなる前年に嫁を貰うてはったし、店も任せられるて思うたんやろ。まあ、嫁との仲があんまり良うない、ていう噂も、あるにはあったんやが……」

と、何やら語尾を濁す。

「御寮さんは、そない難しいお人やったんどすか？」

「大店の一人娘やさかい、大事に育てられはったんやろう。自分の思い通りにならんと、きつう怒鳴り散らすような人でな。嫁がどないに尽くしたかて、義母の嗜好なんぞ、そうそうすぐには分かるもんやない。食べ物の好みから着物の誂え、何から何まで嫁のすることが気に入らん。その内、嫁御の方が参ってしもうた。そんな折に、佐平治はんが他界し、お津矢さんは寮で暮らすと言い出した。

正直な話、佐吉さんもほっとしたんやないか」

そこまで一気に話すと、芳太郎は息継ぎでもするように、煙管を吸って、ぷかりと煙を一つ吐いた。

「それで、わてを呼ばはった訳は……？」

蝶次は唐津屋の内輪話だけで、まだ肝心な話を聞いていない。

「お前に一つ頼みたいことがあって……」

と、芳太郎が言いかけた時だ。廊下をドカドカと歩く足音が聞こえたかと思うと、いきなり障子が激しい音を立てて開いた。

「蝶次っ、ようも、この家の敷居が跨げたなっ」

仁王立ちで怒鳴りつけて来たのは、かつての兄弟子の久造であった。日に焼けた浅黒い顔、くっきりとした眉の下で、鋭い目が蝶次を睨みつけている。

「六年前、仕事を放ったらかして逃げたのを忘れたんか。駒芳に恥をかかせたお前が、どの面下げて、ここへ来たんやっ」

久造は蝶次の胸倉をつかむと、その勢いのまま、外へと引きずり出そうとする。

「落ち着けっ」

芳太郎が声を上げた。久造は怒りで頬をぴくぴくと痙攣（けいれん）させながらも、グッと唇を引き結んで蝶次から手を離した。

「兄（あに）さん、堪忍（かんにん）しておくれやす」

蝶次は心から詫（わ）びていた。

あれは得意先の商家の仕事だった。明日、突然、大事な客を迎えることになったので、それまでに庭の下草を引いて欲しいと言うのだ。生憎、駒屋は大きな庭普請（ぶしん）を抱えていた。

——草を引くだけなら蝶次にもできるやろ——

芳太郎はそう考えた。

梅雨（つゆ）明けの蒸し暑い日だった。最初は真面目（まじめ）に草を抜いていた。抜いても抜いても、庭はどんどん広くなっていくようだった。蟬（せみ）の声がやたらと大きく響いていた。風もない。木陰（こかげ）はあっても、じめっとした湿気が立ち上って来るだけだ。

そんな時、塀の向こうで水売りの声が聞こえた。蝶次は、ただ、冷たい清水を求めただけだ。柄杓（ひしゃく）で一杯、さらに、もう一杯……。銭（ぜに）を払い、気がついたら、以前の遊び仲間の許へ走っていた。

蝶次が昼間のうちに片づけておくはずだった仕事は、庭普請で疲れていた駒屋の職人総出で、夜中までかかってやり遂げた。後からその話を聞いた蝶次は、もう二度と駒屋へは戻れないと悟ったのだ。

「どれだけ謝ったかてな、お前の曲がった根性がまっすぐになる筈はあらへん」

久造は吐き捨てるように言った。

「蝶次はわしが呼んだんや。昔はどうあれ、今日はわしの客や。ほれ、こうして、茶菓子も出しとる」

芳太郎の言葉に久造は押し黙った。

「そない短気やと、若い衆を育てられん。もうちっと心を広う持たんとな」

「そうどすけど、この男だけは……」

「庭師としては使いもんにならん奴やけど、今は立派にお上の御用を務めてるんや。山の木をむやみに庭に植えても、育たんてこっちゃ」

「親方、すんまへん」

蝶次は思わず芳太郎の前に深く頭を垂れていた。改めて、自分がどれほど半端に生きて来たかが分かった。いつも己のことしか頭になかった。周りの者にどれだけ迷惑をかけていたか、考えようともしなかった。

久造はその顔に不満を残したまま、わざと足音を立てて出て行った。急に静かになった部屋で、今度は芳太郎の声がやたらと大きく聞こえた。

「六年も経てば、お前かて変わる。他人(ひと)さんが手を入れてくれるからや。庭もそうやって育て上げる。それこそ、十年、二十年とかけてな。せやけどな、人の手が入らんかった庭はどないなる？」

芳太郎は静かな口ぶりで問いかける。

「暴(あば)れます」

蝶次はぽつりと答えた。

「せや。木の枝は払(はろ)うてやらんと、庭が暴れるんや。そうなったら、手が付けられん」

庭は一朝一夕(いっちょういっせき)に出来るものではない。将来、どんな庭にするかを頭に思い描き、そのための木や下草、岩や石を選ぶ。また、五年に一度は、植え直しをしなければならない。根を切られたりいじられたりすることで、庭木の枝ぶりや花の付きが良くなるからだ。

松などは、新芽の頃にはこまめに摘んでやらないと、好き勝手に枝が伸びて、古葉を引く時に往生(おうじょう)する。年末には幹(みき)掃除も欠かせない。

「庭は子供のように大事に育ててやらなならん。甘やかすのも良うないが、厳しゆうしすぎてもあかんのや。そうやって、丁寧に慎重に手を入れてやれば、庭は、百年でも二百年でも、いや、千年でも立派に生き続ける」

そう言った芳太郎の顔には、寂しさが漂っていた。

「唐津屋の寮の庭は、『駒屋芳継』が最後に手がけたもんや。わしの役目はその庭を育てることやった。せやけど、それが十年前に突然できんようになってしもた」

悔しさをその声に滲ませて、芳太郎はさらに言葉を続けた。

「喜十のことで、駒芳の出入りを止めたんやったら、せめて庭師を替えたらええ。せやのに、あの寮の庭は、十年もの間、手付かずのままや」

「ほな、一切、手を入れてへんのどすか？」

「まさか親父も、駒芳の庭があないなことになるとは、思うてもみんかったやろ」

「親方は、寮へ行かはったんどすか」

「三日ほど前、寺参りのついでに寄ってみたんやが……」

寮は三条橋を渡り、鴨川沿いを北へ上がった所にあった。法林寺や心光寺、超勝寺といった寺の近くだ。

「外から眺めただけやけどな。あれは暴れるどころやあらへん。まるで暴風雨や」

芳太郎は無念そうに唇を歪める。

「なんで、庭を放ったらかしにしはったんどす？」

「それが、よう分からんのや」

芳太郎は困惑顔でかぶりを振った。

「十年前、佐平治はんは、あの寮で急死した。なんでも一人で寮にいたらしゅうて、お津矢さんが見つけた時には、もう息が無かったそうや」

佐平治は、自分が丹精（たんせい）した庭に倒れていた。足を滑らせて転び、倒れたところに、丁度庭石があった。

「佐平治はんは、その石で頭を打ったんやそうや。葬儀に行ったわしは、お津矢さんから『佐平治は、駒屋の庭に殺されたんや』て責められて、それは悔しい思いをしたわ」

芳太郎は渋面（じゅうめん）を作ると、しばらくの間無言になる。

「せやさかい、唐津屋とは関わらんようにして来たんやが……」

やがて、ふうっとため息をついて、芳太郎はこう言った。

「ところが、そのお津矢さんが亡うならはってな」

芳太郎はしんみりとした口ぶりになる。

「今年に入ってからのことやった。先日、佐吉さんが駒屋を訪ねてきて……」

──その節は、母が失礼なことを言うて、ほんまにすんまへんどした──

十年も前の葬儀の席の出来事を、佐吉は芳太郎に詫びた。

「わしは、唐津屋はんを恨んだりはしてへん。確かに、お津矢さんの言葉には腹も立てたが、もう昔のことや。わしもすっかり忘れとった」

佐吉は、まるで昨日のことのように、それは丁重に母親の無礼を謝ったらしい。その上で、改めて芳太郎に庭の手入れを頼んで来たのだ。

──母の四十九日も済みましたさかい、あの寮を手放そうて思うてますのや──

と佐吉は言った。

──ついては、あの庭を元通りにして貰いたいんどす。あのまんまでは、到底、売りに出せしまへん──

これでやっと念願が叶うと、芳太郎は喜んだ。ところが、その後で佐吉はこんなことを言い出したのだ。

──せやけど、妹が嫌がりますのや。説得してくれはるんやったら、庭は駒屋さんにお任せします――

「千寿さんが、あの家を離れとうない、て言い張っとるらしい」

十年前、喜十郎との話があった頃、千寿は十六歳だったという。

「絹問屋だけあって、白絹のような肌をした小町娘やて評判の別嬪やった。縁談も次々に舞い込んでたんや。そんな折に庭師と恋仲になった。そりゃあ、お津矢さんとしても許せる話やなかったやろ」

喜十郎と別れさせられた千寿は、母親の世話で日々明け暮れることになった。

「佐吉さんとしては、今からでも遅うないさかい、どこぞに良い縁でもあれば、と願うてはるようや。長年、小難しい母親を妹一人に押し付けてたんや。負い目もあるんやろ」

あれから、十年……。千寿は、今二十六歳になっている。縁談があったとしても、後妻の口がせいぜいだろう。兄の家に身を寄せて、肩身の狭い思いをしながら、残りの人生を生きるのも確かに辛い。

「そのまんま、寮に置いてあげはったらええやろに……」

蝶次は、佐吉の妹への仕打ちを、つい責めたくなった。

すると、「そうやない」と芳太郎は声音を強めた。

「お津矢さんが亡うなって、改(あらた)めて寮を見た佐吉さんが思うたことは……」

――ここは、まるで牢屋や。千寿はこの家に囚(とら)われとる――

冬の名残(なごり)を留(とど)めた庭は、絡み合う庭木の枝や、地面を覆う枯れ草が、千寿をこの家に縛(しば)り付ける網(あみ)のように思えたのだという。

「佐吉さんは、千寿さんが一人で暮らしていきたいんやったら、二条通(にじょうどおり)か、三条通あたりに、小間物(こまもの)を扱う店を出すことかて考えてはる」

「それでも、嫌やて言わはるんどすか？」

よほど、母親と暮らした家が良いのだろうか……。蝶次はふとお里との仲を考えて、思わずかぶりを振った。

（幾ら「早瀬」をくれる言うても、お断りや）

「そないに仲のええ母娘(おやこ)やったんどすか？」

喜十郎との仲を裂かれても、千寿にとっては、やはり母親は母親なのだ。それを思うと、少しばかり羨(うらや)ましくもある。

「わしにも分からん。佐吉はんも困ってはった。わしとしては、駒芳の庭を蘇(よみがえ)らせてやりたい。せやないと、わしがあの世に行った時、親父に大目玉を喰(く)らうやろ。この機会を逃(のが)したら、永遠にあの庭は荒れたままで終わる。せやさかい、わしはお前を呼んだんや」

芳太郎は、珍しく縋るような目を蝶次に向けた。

「同心に目を掛けられ、お上の御用を手伝うてるお前のこっちゃ。なんぞ手立てがあるんやないか。千寿さんにあの家から出て貰うたらええだけや。お前は昔から口だけは達者やった。千寿さんを、なんとか言いくるめて……」

「親方、おなごを口説くようにはいかしまへんえ」

芳太郎の寮の庭への思い入れはよく分かったが、人の心を動かすのは、そう簡単なものではない。

「まずは、千寿さんがその胸の内に何を思うてはるんか、それを知らんと……」

と言った時だ。芳太郎がにこりと笑った。

「よう分かっとるやないか。お前も少しは大人になったようやな」

「親方、わてを試さはったんどすか？」

「試すやなんて、人聞きの悪い……」

芳太郎は少しばかりむっとする。

「問題は千寿さんや。喜十と引き離されてそれは辛い思いをした筈や。その傷を抱えながら、お津矢さんの側にいてはった。本当やったら、母親が亡うなって清々しとるやろ。それやのに、その母親との思い出のある家から出ようとはしはらへん」

芳太郎はそこで一旦言葉を切り、ゆっくりとかぶりを振る。

「庭、てもんは……」

芳太郎は話を続けた。

「こまめに手を入れてやらななならん」

「それは……、さっきも言うてはりました」

「せやない。暴れさせたまんまにしていると、魔が棲みつくんや」

思わず蝶次は息を呑む。

「まさか、親方、あの家に何かあると？」

「それは、分からん。せやけどな」

と、芳太郎はまっすぐに蝶次を見た。

「人の業てもんは、ほうっておくと庭に溜まってしまうんや。庭は周りを囲い込んで造る。つまり業の逃げ場がのうなるんや。せやさかい、わしら庭師が整える。庭木の枝葉を払うのは、魔を祓うのと同じや、て親父からよう聞かされたもんや」

芳太郎はすっかり火が消えてしまった煙管をしみじみと見つめた。

「そういう訳や。蝶次……」

芳太郎は顔を上げて、再び蝶次に視線を向けた。

「後は頼んだわ。わしに唐津屋の庭を祓わせてくれ」

「千寿、て娘さんを説得すれば、ええんどすな」

「それができたら、お前がここにおった頃の悪業の一切を帳消しにしたるわ」

芳太郎は、蝶次のもっとも痛い所を突いたのだった。

其の三

翌日、蝶次はさっそく唐津屋の寮を訪ねた。菜種梅雨の時期らしく、この日も朝から細い雨が降っていた。

「御免やす」

門前に立った蝶次は、一つ大きく息を吐いてから、声をかけた。

住人は二十六歳になる唐津屋の娘、千寿。それに、食事、掃除、洗濯などをこなす、お豊という四十半ばの女中と、その亭主の作蔵だ。

お豊は唐津屋がよこした女だ。

寮は三条通から鴨川を渡って、しばらく北へ上がった所にあった。街道から外れていて、人通りのない静かな場所だ。女所帯では物騒なので、夫婦者を住まわせているのだろう。

敷地はおよそ七百坪だと聞いている。家は平屋で二百坪ほど。庭だけで五百坪はあるという。周りは竹垣で囲われていて、所々、伸び放題の庭木の枝葉が、隙間から大きくはみ出していた。

「御免やす」

再び、蝶次は声を張り上げた。そうしないと、声を含めたすべての物音が庭の緑の中に吸い込まれて行くような気がした。

間もなく、門の格子の向こうに茶色がかった黄緑色が見え、引き戸がガラリと開けられた。現れた女は、鶯茶の小紋に青味の強い深緑の花萌黄の帯を締めていた。地味な色合いのせいか、背後の荒れ庭の中に沈み込み、すっかり庭木の一部と化している。

「駒芳から参りました。蝶次てもんどす」

「何も頼んでしまへんけど……」

女は怪しむように蝶次の顔を見つめた。喜十郎との悲恋話を聞いていたせいか、どこか儚げな容貌を想像していたが、眉のきりりとした、思いのほか芯の強そうな女だ。

あまり化粧をしている風でもない。目鼻立ちは整っているのに、すでに世を捨ててしまっているかのようだ。蝶次とさして年齢は違わないらしいが、十歳くらいは年上に見える。

「唐津屋さんから、庭木の剪定を頼まれまして」

「兄さんが……」と呟いてから、すぐにその顔を強張らせる。

「うちは頼んでしまへん。帰っとくれやす」

撥ねつけるように言われても、このまま引き下がる訳にはいかない。

「唐津屋さんから、すでに手間賃を貰うてます。仕事を断られたら、金を返さなりまへん」

怪訝そうな女の目が、じっと蝶次を見ていた。

「手間賃を返せば済むことどす。せやけど、こちらを請け負うたために他の仕事を断ってますのや。返してしもうたら、稼ぎが無うなります」

千寿は無言のままだ。これ以上、断られたら、蝶次も諦めるしかなくなる。

「お金は貰わはったらよろし。あんさんがちゃんと仕事をしたと、兄には言うときますさかい」

「それはあきまへん」

蝶次は強くかぶりを振った。

「金だけ貰うて、なんも仕事をしてへんのが分かったら、わてが親方に叱られます。それどころか駒芳を追い出されてしまいます」

蝶次はさらに語調を強める。

「どうぞ仕事をさせておくれやす。庭の手入れをさせるんが嫌やったら、薪割りでも風呂焚きでも掃除でも、なんでもしますよって、手間賃分、どうか働かせておくれやす」

しばらく考えてから、千寿は口を開いた。

「下男代わりにでも使え、と、こない言わはるんどすか？」

「仕事ができれば、なんでもかましまへん。嬢はん、どうかお願いします」

千寿はしばらくの間考え込んでいる風だったが、やがて、すっと蝶次に近寄って来ると、声を潜めるようにしてこう言った。

「あんさん、口は堅うおすやろか？」

一瞬、返事に困った。だが、蝶次はすぐに頷いた。

「へえ、それはもう堅うおす」

きっぱりと言い切ったが、なんだか腹の奥がむず痒い。

「せやったら、うちの頼み事を聞いてくれますやろか」

千寿に態度を変えられて、却って蝶次の方が慌てていた。

「ちょっと待っておくれやす。嬢はんは、わてを信じてくれはるんどすか？」

初めて会ったばかりの男だ。頼み事にもよるだろうが、あまりにも無防備過ぎる。

「あんさんを信じるんと違います」

千寿は細い指先を蝶次の胸元に向けた。

「その印半纏を信じるんどす」

蝶次は駒屋の半纏を羽織っていた。藍木綿で、右衿に「駒屋」、左の衿には「こまよし」と白抜きの文字を入れている。背には丸に「駒」の紋が、大きく描かれていた。

それは駒屋というより、千寿の喜十郎への信頼なのだろう。蝶次は急に半纏が重くなった気がした。

千寿は蝶次に背を向けると、「中へどうぞ」と言った。

玄関に入り、黒光りのする廊下を左側へ行くと、正面にかつて駒芳が造ったという庭が現れた。いや、庭というよりは、いきなりどこかの山中に迷い込んだかのようだ。庭木の枝が互いに絡み合い、人の入るのを拒んでいる。伸びた雑草は、もはや庭の造形を完全に覆い尽くしていた。

どこかに姿の良い岩や石が配してある筈だ。これほどの規模ならば、池も設えてあるだろう。しかし、今となっては、それらの位置を予想するのは難しかった。

光を得ることが出来ず、枯れてしまった庭木も見える。棘のある蔓が、そこかしこに生い茂っていた。

庭はまるで緑の巨大な怪物であった。雨に濡れ、勢いを増し、一歩でも踏み込もうものなら、たちまち喰われてしまうような、そんな恐怖さえ覚えた。

「大きな庭どすなあ」

蝶次は、前を歩く千寿に声をかけた。すべての物音が吸い込まれるような気がして、自然に声が大きくなった。「広い庭」と言えなかったのは、庭の広さの度合いが分からなかったからだ。水に喩えると、まるで底の見えない「沼」だ。

「父の佐平治が、駒屋さんに造って貰うた庭どす。知ってはりますやろ？」
問いかける時、千寿はわずかに蝶次に目を向けた。勝気そうだった眼差しが、一瞬揺らいだ。おそらく、蝶次に喜十郎の姿を重ねたものだろう。

（十年経っても、まだ忘れられへんのやな）

そう思うと、千寿という女が哀れになった。

（この女も、この家の庭も、あの時のまんまなんや）

時間を閉じ込めたように、庭は眠っている。

千寿は奥の座敷に蝶次を案内した。

部屋は掃除が行き届いている。十年、おそらく客の一人も来ないであろうこの家に、千寿は厳格な母親と二人、どんな思いで暮らして来たのだろうか。

「遅うなりましたけど、御寮さんが亡うならはったそうで……。ご愁傷さんどす」

座敷に座ると、蝶次は千寿にそう言った。

「駒屋の芳太郎さんには、母が失礼なことを言うてしもて、申し訳ないことをしました。未だにお詫びも言えへんままで、心苦しゅうおます」

夫の死の原因が、まるで駒屋にあるような言い方をしたのだ。兄の佐吉だけでなく、千寿もそのことで心を痛めていたのだろう。

「親方はとうに忘れてますさかい、気にせんといておくれやす」

蝶次はわざと気楽な口調で言った。芳太郎にとっても、そのことが深い傷になっているのは、重々承知の上だ。

「親方が案じてはるんは、この家の庭のことどす」

蝶次は再び千寿の説得に取りかかった。

「庭を荒らしたまんまにしておくのは、あんまりええことやあらしまへん。嬢はんにとっては、お母はんと暮らした思い出のある庭かも知れまへんが……」

と言いかけた時だ。毅然（きぜん）とした千寿の眼差しが蝶次を射貫（いぬ）いた。

「うちが、好きで母と暮らしてたと思うてはるんどすか」

冷え冷えとした声だった。蝶次は思わず返事に詰まる。

「ここは、まるで牢獄（ろうごく）どす」

千寿は視線を庭に移した。

「うちを閉じ込めて置くための、牢屋やったんどす」

千寿の声音が震えている。

「この庭には、母の秘密が埋まってます。せやさかい、幾ら兄に言われても、うちは出て行く訳には行かへんのどす」

そこまで一息に言うと、千寿は無言になった。

蝶次は宥めるように千寿に言った。

「そこのところ、わてに話して貰えまへんやろか？」

「駒屋の職人やった喜十郎はんと、嬢はんが恋仲やった事情は、親方から聞いてます。喜十郎はんが行方知れずになってはんのも……。この十年、嬢はんには辛い日々やったんかも知れまへん。せやけど、もう御寮さんはいてしまへんのや。わてが言うのもなんどすけど、ここを出て、新しい人生を生きはってもええんと違いますやろか」

「兄はこの家を売ろうとしてはります。せやけど、それが出来ひん事情がおますのや」

千寿は立ち上がると、部屋の隅の箪笥の引き出しから一枚の紙を取り出して来ると、それを蝶次の前に置いた。何かの書き付けのようだ。

「それは証文どす。見ておくれやす」

蝶次はその書き付けを手に取った。

――唐津屋、津矢殿。御秘密語お預かり致し候につき、御家の庭は、預かり代として譲り受け賜り候。夢尽無屋、理久――

「夢尽無屋……。むじなのお理久……」

蝶次の眼前に、昨日、高瀬川沿いで出会った女の姿が、稲妻のような光を放って現れた。

（あの時の、壺の女や）

――「むじな屋」て質屋の……。閻魔の使い女……――

お美代の言葉の端々が耳の奥に蘇って来る。

「嬢はん、これはいったい、どういうことどす？」

困惑しているのは、蝶次よりもむしろ千寿の方らしい。

「よう分からしまへん」と千寿はかぶりを振った。

「母の四十九日の法要が終わった翌日のことどす。女が一人、ここを訪ねて来たんどす」

千寿よりやや年上の、三十歳ぐらいの女だったという。淡い藤色の着物に、菖蒲色の帯。まるで細い雨の中に溶け込むように、女は門前に立っていた。

応対に出たのは、お豊だった。丁度、蝶次が今いる座敷にその女は通された。

「そのおなご、薄い青色の壺を持ってたんと違いますか？」

蝶次が問うと、千寿は驚いたように眉を上げた。

「へえ、脇に抱えてはりました」

女は壺を置くと、千寿にこう言った。

――この中に、お津矢さんの秘密の語が入ってます――

「母は、何やら秘密の話を、その方に預けたんやそうどす」

――夢尽無屋は、秘密語を預かるのを生業にしてます――

誰にも言えんような、辛い苦しい記憶を持ったままでは、人は幸せにはなれしまへん、と女は言った。

夢尽無屋は、そんな記憶を壺に入れて預かるのだ、という。

――当然、預かり賃は貰います。こちらも、商売どすよって――

そう言うと、女は先ほどの書き付けを千寿に渡した。

――先日、お津矢さんが亡うなったことを聞きました。それで、こうやって預かり賃を頂きに参ったんどす――

「預かり賃はいったい……」

幾らなのか聞こうとした時、千寿が声音を強めてこう言った。

「この家の庭なんどす」

思わず蝶次は庭に目をやった。

「庭の広さは、確か……」

「五百坪はありますやろか」

「それは、幾ら何でも……」

蝶次はすっかり呆れ果てる。暴利だ、と思ったのだ。

「その方が言うには、その対価に見合うだけの『語』なんやそうどす」

――いったい、母はどないな秘密を抱えていたんどす？――

千寿は女に問いかけた。

すると、女は無言で首を左右に振り、右手の人差し指を自分の唇に当てた。

「秘密どす」と言うように……。

「嬢はんには、思い当たる節はあらへんのどすか？」

蝶次に問われて、千寿はぽつりぽつりと話し始める。

お津矢は、夫の佐平治が亡くなってからは、まるで人が変わったようになった。元々、心に思うことはなんでも口にしなくては済まない性格だったのが、口数が少なくなり、この寮の一室にじっと閉じ籠るようになった。

他人が家に入るのを嫌い、そのためもあって、庭師に手入れもさせなかったのだ。

「何やら思い悩んでいるようで、うちが母を放って置けなんだのは、一人にすると何をするか分からへんかったからどす」

腰紐(こしひも)を握ってじっと考え込んでいる姿を見て、慌ててそれを取り上げたこともあった。鋏や剃刀(かみそり)の類(たぐい)は、お津矢の目の届かない所に隠し込んだ。

「胸の内では、母を恨んでました」

千寿は目を伏せた。

「母のせいで、うちは喜十郎さんと一緒になれんかった……」

千寿の目から零(こぼ)れた涙が、畳の上を濡らしている。

「あの日、父はこの家の庭に倒れてました」

お津矢の反対を押し切って、千寿は喜十郎と一緒になろうとしていた。父親の佐平治は、その真剣な気持ちを汲(く)んでくれ、二人でこの寮へ来るように言った。

──くれぐれもお津矢には知られんようにな。わしが、先立つもんを渡してやるさかい、二人で大坂(おおさか)か堺(さかい)へ行って暮らしたらええ。何、孫でも出来たら、お津矢の機嫌(きげん)も直るやろ。ほしたら京へ呼び戻すさかい、それまで辛抱(しんぼう)するんや──

佐平治は、千寿と喜十郎を駆け落ちさせようとしていた。二人は寮で待ち合わせ、佐平治の手筈で、そのまま京を出ることになった。

「うちが来た時、お父はんは庭に倒れてはった。側にはお母はんがいて……」

――あの男が、お父はんを殺して逃げた――

千寿の顔を見るなり、お津矢は思い詰めた顔でこう言った。

――喜十郎はなあ、結局、金だけ奪うて逃げたんや。最初から金が目当てで、あんたに近づいたんや――

「うちの頭は真っ白になってしもうた」

――せやさかい、あんたもあの男のことは忘れなあかん。それとも、町方に喜十郎が下手人や、捜して捕まえてくれ、て言うた方がええか――

――お母はん、待って――

千寿は必死で母親を止めた。

「町方を呼んでしもうたら、喜十郎さんが下手人にされてしまう、うちは咄嗟にそない思うたんどす」

お津矢が、二人の争っているところを見た……。そう証言してしまったら、もはや取り返しがつかない。

「うちは母に頼みました。お母はんの言う通りにするさかい、町方を呼ぶのだけは堪忍して欲しい、て……」

　お津矢はその言葉に納得したのか、医者を呼び、佐平治が足を滑らせて転び、庭石で頭を打ったことにした。

「では、佐平治さんが亡うなった原因は、分からないまんまなんどすな」

　蝶次は念を押すように尋ねる。

「ほんまのことを知っているのは、母と喜十郎さんだけやと思います。せやけど、肝心の喜十郎さんが、未だに行方知れずでは……」

　あの時、何があったのか確かめることも出来ない、と千寿は辛そうに顔を歪めた。

（佐平治を殺したのは、ほんまに喜十郎なんやろか）

　蝶次の胸に疑念が湧いて来る。

（あるいは、お津矢本人てことも……）

　千寿は何も見てはいない。喜十郎も消えてしまった。後は、お津矢自身でなんとでも出来る。

（喜十郎が何かを知ってるに違いないんやが……）

　なぜ行方をくらましたのか、その理由さえ分かれば……。

もどかしい気がしたが、今はとにかく「むじな屋」の話だ。

「それで、嬢はんはその女の話を信じたんどすか？」

「人の秘密を預かる、て、おかしな話や。到底信じられしまへん」

冷静さを取り戻したように、千寿は毅然と言い切った。

「しかも、この家の庭を預かり賃にするやなんて、無茶な話どす」

「新手の如何様かも知れまへん。何しろ、相手は『むじな』どす」

冗談めかして言うと、それまで硬かった千寿の表情がわずかに綻んだ。

「御寮さんは、いったいどこでその女に会わはったんやろか」

千寿の話では、お津矢はほとんどこの家から出たことはない。

「あれは、昨年の師走どしたやろか」

千寿は何かを思い出そうとするように、視線を蝶次からわずかにそらせた。

「唐津屋に用があって、うちが留守をしていたことがおます」

質素に暮らしてはいたが、正月を迎えるにあたっては、いろいろと物入りになる。毎年、この時期になると、千寿はお豊にお津矢を任せて唐津屋に行った。

「正直な話、少々羽を伸ばしたいて気持ちもおました。扱いの難しい母と顔を突き合わせているのは、なかなか辛うおしたさかい……」

無理もない、と蝶次は千寿に同情する。この女は、喜十郎が父親殺しの下手人にされないために、まるで人質のように母親の側にいたのだ。

「夢尽無屋の女が帰った後、お豊がこないなことを言い出して……」

――嬢はん、あのおなご、暮れにも御寮さんを訪ねて来てはりましたえ――

お豊も作蔵も、大掃除に余念がなかった。その間に、誰かが来て、お津矢に会っていた。

お豊はめったに客が来ないのに、お津矢に客とは珍しいこともある、そう思って大急ぎで茶菓の支度をしたが、客間に行った時には、すでに女は帰ろうとしていた。

――あの時のおなごどす。間違いはおへん――

女が出て行った後、お豊はお津矢に女が誰なのか尋ねた。

すると、お津矢は妙に晴れ晴れとした顔を、お豊に向けてこう言った。

――誰でもええ。なんや、えろう幸せな気分や――

――御寮さん、さっきのおなごに、何か言われはったんどすか――

しかし、お津矢は、ただ機嫌が良さそうに笑うだけだった。

「母はこの十年、人と関わるのを避け、この家に閉じ籠って、息を潜めるようにして生きてはりました。いいえ……」

と千寿は強くかぶりを振る。

「あれを生きていた、と言ってええのんか……」

他人からは、夫を亡くしたために頭がおかしくなったのか、と思われていた。佐吉さえも、できるだけ近寄らないようにしていたぐらいだ。

「その母が、夢尽無屋が来てから、すっかり元に戻って……」

何やら重い荷物でも下ろしたように、お津矢は明るくなった。正月もお豊に御馳走を用意させ、千寿も何年ぶりかで本当の正月気分を味わった。

「度々昔の話もするようになって、お父はんが生きていた頃の思い出話も仰山聞かせてくれはりました」

だが、その一月も終わろうとしていたある日の朝、お津矢は布団の中で亡くなっていた。医者は、寝ている間に心の臓が止まったのだと言った。

――嬢はん、もしかしたら、暮れに来た御寮さんの客、「閻魔の使い女」やったんかも知れまへんえ――

お津矢の葬儀の折、お豊がある噂を耳にしたと言うのだ。

「壺を抱えた女の現れた家では、必ず人が死ぬ。せやさかい、その女は『閻魔の使い女』て呼ばれてる、て」

閻魔の使い女……。蝶次もお美代からその話を聞いている。

「それで、嬢はんは、家の庭を、その怪しいおなごに渡すんどすか？」

改めて問うと、千寿は戸惑うように首を傾げた。

「母が、それまで抱えて来た秘密を、夢尽無屋が引き受けてくれた。そのお陰で穏やかに旅立てたんやとしたら、庭を渡すのが筋なんかも知れまへん」

「唐津屋の佐吉さんは、そのことは知ってはるんどすか？」

「せやさかい、うちも困ってるんどす」

人に決して知られてはならぬもの……。それが秘密だ。むじな屋は、お津矢の秘密を預かっている。預かり賃が庭ならば、すでにこの家のほとんどはむじな屋の物だ。

しかし、その事実を佐吉は知らない。しかも唐津屋はこの寮を手放そうとしている。

「もし、預かり賃を渡さなければ、どないなります？」

お津矢の秘密を、むじな屋はどうするつもりなのだろう？

「売るんやそうどす」

千寿はそう言って肩を落とした。

「売る、て、人の秘密を、どこの誰かも分からんもんに教える、ていうんどすか？」

また、なんという阿漕なことを、と蝶次は茫然とした。

「代わりにお金を払うて言いましたんやけどなあ。この庭やないとあかん。それが契約や、て譲らしまへんのや」

相当に頑固な女のようだ。

「母の秘密が何なのか、それを考えると、なんや怖ろしゅうて、兄にも言えしまへん」

幾ら身に着けた印半纏に情人の面影を重ねたからといって、突然現れた見知らぬ男に身内の話をするくらいだ。勝気そうに見えて、本当はよほど心細かったのだろう。それを思うと、蝶次は千寿の力になってやりたくなった。

「わてに任せておくれやす」

蝶次は声音を強めてきっぱりと言った。

「喜十郎はんのことは知りまへんが、駒屋の職人やったなら、わての兄さんも同じや。その兄さんの大事なお人が苦しんではる。このわてが、ひと肌もふた肌も脱ぎますえ」

むじなのお理久……。こうなったらその女と、とことん張り合うてやろう。蝶次の胸の内に、妙な義俠心が湧きおこっていた。

寮を出る時、改めて庭の検分をさせて貰えないか頼んでみた。最初に顔を合わせた折のとげとげしさは、もはや千寿の顔に片鱗も残ってはいなかった。突然現れた駒屋の半纏を身に着けているだけの男に信頼を寄せるのも、よほどこれまでの人生が孤独であったからなのだろう。

母親の残した秘密語……。兄の佐吉にも知らせずに解決しようと、千寿は一人で苦悩していたようだ。

庭に入るために、蝶次は玄関口に戻った。雨はいつしかすっかり上がり、格子戸に立てかけておいた傘も、帰りは用無しになるように思えた。

庭へ続く木戸を千寿は開くと、「どうぞ、勝手に入っておくれやす」と言った。

「気の済むまで、検分しておくれやす。うちは、ここで待ってますさかい」

濃い緑の帳が、目の前を塞いでいる。頭の上から垂れ下がる枝を押しのけるようにして、蝶次は踏み込んで行った。

先日からの雨で、下草は一段と勢いを増していた。枯れて白茶けた草の間から、新芽が次々に顔を覗かせている。

蝶次は間もなく、千寿が庭に入ろうとしなかった理由を知った。

先に進もうとしても、伸びきった庭木の枝にしばしば行く手を阻まれた。油断すると、弾かれた小枝で顔を引っ掻かれそうになる。時には、低く腰を屈めないと、木々の間を通り抜けるのにも一苦労だった。これでは女の髷などすぐに崩れてしまうだろう。

そうこうしているうちに、少しだけ明るい場所に出た。池があったのだ。だが、もはや池というよりは、沼だ。水はどんよりと濁っていた。大小様々な岩や石が、周囲に並んでいる。枯山水の風情でも取り入れてあったのだろうが、今となっては、深山幽谷の一部でも切り取って来たかのようだ。

蝶次はそこで先へ行くのを諦めた。戻ろうとして振り返った時、見事な一本の梅の木が目に入った。この庭が造られたのは三十年前だ。当時に植えられた物ならば、かなりの老梅だ。

紅梅なのか白梅なのかは、すでに時期を過ぎているので分からなかったが、太い枝を前後左右に伸ばして、まさに庭の主ででもあるかのように堂々としている。

十年、この庭には、庭師の手が入っていない。十年も世話をしないまま放って置かれた梅が、果たして花を付けるものだろうか……。

ふと、そんな疑問が蝶次の脳裏を過る。

再び玄関先に戻って来ると、千寿が待っていた。

「どうどした？」

庭の奥がどうなっているのか、やはり気になるようだ。

「夏は藪蚊に悩まされたんと違いますか？」

池の様子を思い出して、蝶次は言った。

「それに湿気もきつうおましたやろ」

枝葉を払い、風を入れれば、夏の暑さはかなり凌げる筈だ。

「ところで、梅の木がおましたんやけど、今年の花は見てはりますか？」

千寿はしばらくの間押し黙っていたが、やがておもむろに口を開いた。

「あれは紅梅どす。せやけど、十年前には花を付けんようになってました。喜十郎さんが、植え替えをした方がええて言うてはったんどすけど……」

花芽や実の付きが悪くなった梅は、細根を切ったり、木の向きを変えることで、再び花の付きがよくなるのだ。

結局、佐平治の死や喜十郎の失踪で、紅梅はそのままに置かれてしまったのだろう。

「せやったら、もう花は付けてへんのどすな」

念を押すと、千寿は眉根を寄せるようにして「作蔵が……」と言った。

佐平治の葬儀が終わって間もなく、お津矢は千寿と一緒にこの寮に住むと言い出した。

そのため、唐津屋の女中だったお豊が亭主と共に、住み込みで働くことになった。最初、お津矢はそれを嫌がっていたが、男手もあった方が良かろうと、佐吉が亭主持ちのお豊をよこしたのだ。

翌年の春、気を利かした作蔵が、庭の手入れをしようとした。先代の大切な庭を綺麗にすれば、お津矢も喜ぶと考えたのだ。

――御寮はん、庭に出てみはったらどうどす。池の梅が、それは綺麗な花を付けてますえ――

作蔵から紅梅が咲いていることを聞いたお豊が、お津矢に伝えた。部屋に閉じ籠ってばかりいる御寮人を案じての言葉であった。

だが、その途端、お津矢は怒りを露わにして怒鳴り散らしたのだ。

──誰が庭の掃除をせえて言うたんやっ。あんたら使用人は、主人に言われたことだけをしてたらええんや。余計なことをするんやないっ──

──お母はん、違います。うちが頼んだんや。このままやったら、お父はんの庭が荒れてしまうさかい……──

咄嗟に千寿が間に入って、お津矢を宥めた。

「御寮人はよっぽど、庭に人が入るのんが嫌やったんどすなあ」

すっかり呆れて、蝶次は言った。どうも喜十郎のせいで駒屋を嫌っているのとは違うような気がする。

「その時、確かに花は付けてました。それ以後のことは分からしまへん」

と、千寿はかぶりを振った。

蝶次は、まずは夢尽無屋を訪ねてみると千寿に言った。

「どないな店なのか、しっかりこの目で確かめてみます。それに、そのむじな屋の女が何を考えてはんのか、知りとうおます」

他人の秘密を高い金額で預かる。預かり賃を払わねば、その秘密を他人に売りつけるという。預かり賃は契約時に決められ、預けた者がこの世を去った後に、支払いを求めて来るらしい。

（まるで、預けた当人が、近々死ぬのが分かっているようや）

おそらく、お理久という女は、そのせいで「閻魔の使い女」と呼ばれているのだろう。

別れ際、蝶次は千寿に「夢尽無屋」の場所を尋ねた。

「化野やそうどす」

千寿のその言葉に、蝶次は唖然とした。

「化野、て、あの嵯峨野をさらに北へ行った……？」

「へえ。化野念仏寺の近くや、て聞いてます」

ここは京の東側だ。嵯峨野はまさに西側の、さらにその奥にある。確かに風光明媚を謳われた嵐山があるとはいえ、化野はそうそう人が好んで行く場所ではない。平安の世から風葬の地であったことから、念仏寺が建てられた。寺の境内には八千ともいう石塔が整然と並んでいる。

元々は空海により建立され、「五智山如来寺」の寺号で呼ばれていたらしい。後に法然上人によって「念仏寺」に改められた。

念仏寺は北嵯峨のはずれにあり、質蔵「夢尽無屋」は、寺へ続く坂道の途中にあるのだ、と千寿は言った。

其の四

三条通を上がり、姉小路通を堀川へ向かって西へ行くと、南北に走る油小路通と交わる辺りに多門寺という寺があり、蝶次はその寺の宿坊を住居としていた。

堀川がすぐ近くを流れていて、川を渡ると二条城の南に出る。城の西と南側には、東西の奉行所と共に、同心等の住む組屋敷が並んでいる。西町奉行所の組屋敷には、蝶次を使っている神島修吾が住んでいた。蝶次の今の住まいは、町方の御用を手伝うようになったことから、神島の口利きで借りたものだ。神島に呼ばれれば、すぐにでも飛んで行ける距離だった。

すでに日も落ちかかっていた。ほんのりと花の匂いが漂って来る。近くの社の境内の桜が、そろそろ開く頃だった。小料理やら酒の看板がやたらと目に馴染む。最近はできる限り酒を控えるようにしているが、さすがに提灯に明かりが灯ると、つい足を運びたくなる。

どちらかと言えば、蝶次は酒にあまり強くない。というより、酒が入ると懐が大きくなるのか、人の誘いを断れなくなるのだ。

（あれは、十八の年やったな）

酒で起こした失敗を思い出した。それが元で、蝶次は「須磨屋」にいられなくなったのだ。

「兄さんやおへんか？」

いきなり声をかけられて、蝶次の足が止まった。

思わず振り返ると、流行りの細い縦縞の着流しに、洒落た長羽織を着こんだ、いかにも「大店の若主人」風の男が立っている。

男は親しげに蝶次に笑いかけながら、近づいて来た。

「いやあ、お久しぶりどすなあ。全然、店に顔を出さはれへんさかい、お美弥もわても案じてましたんやで」

お美弥は、二歳下の蝶次の腹違いの妹だった。母親は、源次郎の正妻のお篠だ。男は、お美弥の亭主で、婿入りして「須磨屋」の主人になった孝之助だ。

孝之助は元々、須磨屋の手代をしていた。如才がない男で、源次郎夫婦にも気に入られていた。年齢は蝶次より二つ上だったが、お美弥と夫婦になったので、蝶次を「兄さん」と呼んでいる。

「いろいろと忙しゅうてな」

顔が引きつりそうになるのを感じながら、蝶次は無理やり笑った。

「皆は元気にしてはるか。店は、どないや？」

「へえ、何もかもあんじょう行ってます」

「それは良かった。ほな、わては急ぐさかい、これで」

蝶次はそそくさと立ち去ろうとした。

「せっかく、会うたんどす。どこぞで、一杯、どうでっしゃろ」

背後から孝之助が誘って来る。

「悪いな。酒はやめたんや。たとえ飲むとしても、相手を考えるわ」

皮肉を込めて言ってみたが、それが孝之助に伝わったかどうかは分からない。

蝶次は足早(あしばや)にその場から離れた。決して、後は振り返らなかった。

十八歳の時、蝶次に酒と博打を教えたのは、この孝之助だった。それまで、蝶次は源次郎の期待に沿おうと、真面目に商売に取り組んでいた。

そんな蝶次に、孝之助はある日こう告(つ)げたのだ。

――若旦那は、ほんまによう頑張らはりますなあ。旦那様も御寮さんも、喜んではりましたえ。ことに御寮さんなんぞは、血ぃの繋がりのない子やけど、苦労して育てたかいがあった、言うて――

手代の孝之助が、源次郎夫婦から信頼されていることは、蝶次も知っていた。分からないことは孝之助に聞くように、と、源次郎からも言われていたくらいだ。

――孝さん、今のはどういうことどす？――

怪訝に思って問い返した蝶次の前で、孝之助は、あからさまに「しもうた」という顔をした。

図らずも、蝶次は己の出生の秘密を、孝之助の口から聞かされることになったのだ。

それからの蝶次は、仕事がすっかり手につかなくなった。計算は間違える。注文の品は取り違える……。源次郎から叱責される度に、どんどん気分は塞いでいった。

孝之助が見かねたように、蝶次を夜の町に連れ出すようになった。酒の味を覚え、博打に手を出し、どんどん深みにはまって行く蝶次に、金を用立てたのは、やはり孝之助だった。

ある日、ついに店の売り上げ金が無くなっているのが発覚した。孝之助が蝶次に渡していたのは、店からくすねた金だった。

――若旦那、堪忍しとおくれやす。わてはなんとか若旦那の機嫌を直して貰いとうて……。それでつい、店の金に手をつけてしもうた――

蝶次に問い詰められて泣いて詫びる孝之助を前に、蝶次には他に為す術がなかったのだ。

――わてがやりました。店の金、盗ったんは、わてどす――

蝶次はそう言って、父親の前に頭を下げた。

――遊ぶ金が、どないしても欲しゅうて……――

事実、その金で遊び呆けていたのは己自身だ。孝之助に金の出処を確かめなかった自分が悪い。

源次郎は怒り狂った。蝶次の様子が最近おかしいとは思っていた。しかし、息子も遊びたい盛りだ。そう考えて、息子が目を覚ますのを待つつもりだったのだ。

――お前は盗人や。盗人は我が家にはいらん――

怒りに震える拳を振り上げ、やがてそれを空しく下ろしてから、源次郎は厳しい声で蝶次に言った。

――お前のやった一番の親不幸は、親を裏切ったことや――

勘当を言い渡した後、源次郎は悲しげにそう言った。

――分かりました。せやったら、お願いどす。わてのほんまのお母はんが誰か教えて下さい。それさえ聞いたら、出て行きますさかい……――

源次郎が驚いたように目を剝いた。脇で聞いていたお篠が、そっと着物の袖を目元に押し当てる……。

家を出た蝶次は、「早瀬」を訪ねた。翌年、職にも就かずに遊び回る蝶次を駒屋に預けたのは、お里であった。

あの時、蝶次は盗みの罪を一人で被った。孝之助が絡んでいると分かれば、彼は間違いなく奉行所に突き出される。蝶次としては、孝之助を助けたつもりだった。

駒屋で修業するようになってからしばらくして、蝶次は妹のお美弥が婿を取ったことを知った。その婿が源次郎の跡を継いで、「須磨屋」の主人になったという。

妹に祝いの言葉の一つも言おうとして、須磨屋の近くまで行ってみた。ところが、新しい主人として店を仕切っていたのは、あの孝之助だったのだ。

店には蝶次もよく知っている番頭がまだ健在だった。不審なものを感じて番頭を呼び出した蝶次は、あの盗人の一件には別の真実があったことを聞き出した。

――ほんまのことを言います――

番頭は言いにくそうにしながらも、蝶次にこっそりと話してくれた。

――すべては、御寮さんが仕組んだんやて思います――

自分に子が出来ないからと、源次郎がお里に蝶次を産ませたことを、お篠はどうしても許せなかったようだ。しかも、蝶次を引き取ってから、お美弥が生まれた。蝶次には店を継がせたくないと考えたお篠は、孝之助を取り込んで一計を案じた。

それは、源次郎の蝶次への信頼を失わせるための算段であった。

――店の金を持ち出して、孝之助に渡してはったんは御寮さんどす――

番頭は、その現場を見たことがあった。しかし、相手が相手だけに見て見ぬ振りをしたのだという。

――若旦那が勘当された後、孝之助が婿に入りました。わては、もしかしたら、て、そない思うて――

孝之助に問い質したのだという。

当然、孝之助はそれを否定した。だが、すべてはお篠の望み通りに、事が運んでいる。

――御寮さんと孝之助の間で、約束があったんやないやろか。若旦那を追い出すことが出来たら、嬢はんの婿にして店を継がせる、て……――

――それがほんまやったら、わては阿呆やな――

蝶次は思わず笑ってしまった。

人を信じて生きて来た。その結果がこれか……。そう思うと、何もかもが馬鹿らしくなって、庭師の仕事にも身が入らなくなった。

多門寺の蝶次の部屋は六畳ほどの板の間だった。寝るだけなのでそれで充分だ。朝晩の食事は、寺の庫裏で和尚や小坊主と共に取る。さすがに粥や精進料理だが、魚が食べたい時は、「早瀬」の厨房に顔を出せば良いので、さほど不便はない。

部屋の隅に畳んであった薄い布団を敷くと、早々に床についた。夕食を取る気にはさすがになれなかった。

(悪い夢でも見た気分や)

今となっては、須磨屋にも家族にも未練はない。いや、そもそも、「須磨屋」は自分の家ですらなかったのだ。

短い間だったが、駒屋はなぜか居心地が良かった。芳太郎は厳しかったが、それでもどこか温かいものを感じた。

(須磨屋のことなんぞ、とうの昔に忘れた、て、そない思うてたのに……)

一時期は荒れた蝶次だったが、神島修吾に助けられ、ひたすら務めに励んでいる内に、番頭から話を聞かされた時の、あの悔しさや恨みは、どこかへ消えてしまったような気がしていた。

それが、偶然、孝之助と再会したことで、怒りが熾火となって、未だに胸の奥底で燃え続けているのを知ったのだ。

ただ、誰を恨んだらよいのか分からない。源次郎の気持ちもよく分かる。あれほど手塩にかけて育てた息子が、とんだ放蕩者だったのだ。裏切ったのは、むしろ蝶次の方だ。

お篠にしても、亭主が余所の女に産ませた子供を引き取ったのは、自分に子が出来ないと思ったからだ。娘とはいえ、源次郎の子を授かった限りは、蝶次を跡継ぎにする必要はない。

(孝之助にしても……)

元々、孤児(みなしご)だと聞いていた。「須磨屋」に丁稚(でっち)奉公に入り、下働きから始めて、手代にまで出世した。婿に入れば、いよいよ「須磨屋」の主人になれる。そんな孝之助の野心も、理解できない訳ではなかった。

(ならば、誰が悪いんや)

恨むとすれば、己自身だ。うかうかと孝之助の誘いに乗った、蝶次本人なのだ。

(今は、駒屋のことだけを考えよう)

そう思った。芳太郎が望む通り、唐津屋の寮の庭を蘇らせるのだ。

無理やり己を宥めて、蝶次は眠りについていた。

翌日、蝶次はまだ夜も明け切らないうちから起き出した。多分、よく眠れたのだろう。ほとんど夢も見ていない。

化野までは結構遠い。蝶次の足でも、およそ二時(ふたとき)(四時間)はかかるだろう。

厨へ行き、お櫃(ひつ)の蓋を開けた。昨日の飯が残っている。早速、飯を碗に盛っているところに、目を擦りながら、小坊主の少祐が現れた。

十二歳になるこの小坊主は、おっとりとした風貌ながら、なかなかに目端が利く。

「あれ、蝶次はん、えらい早いお目覚めどすな」

「仕事や。朝飯、食おうと思うてな」

何かあらへんかと尋ねると、水屋から大根と菜っ葉の漬物を出して来た。

蝶次は冷や飯に漬物を乗せると、醬油をさっとまぶし、さらに水をかける。茶漬けというより水漬けだ。

「そない急いで、どこに行かはるんどす？　確か、お上の御用は、神島様が内勤の間はあらへんて……」

「何も御用の手伝いだけやっとる訳やないさかいな」

土間に立ったまま飯をかっ込みながら、蝶次は言った。

「頼まれ仕事で、化野まで行くんや」

竈に火を熾しながら、少祐はちらと蝶次を見上げた。

「まさか博打にでも手を出して、金がいるんと違いまっか？」

「阿呆、博打からはとうの昔に足を洗うたわ。せやけど、なんで、急に金のことなんぞ言い出したんや？」

茶碗と箸を洗い桶に放り込んで、改めて蝶次は少祐に目を向けた。

「化野の念仏寺の近くに、夢尽無屋て質蔵があるて聞いてます。せやさかい、そこへ行くんやと思うて……」

少祐は肉付きの良い首を少しだけ傾けると、怪訝そうに言った。

「違うんどすか。せやったら、なんで化野に行かはるんどす？　蝶次さんが寺参りに行くとも思えへんし……」

少祐は考え込んだ。

「その『むじな屋』に用があるんや」

確かに行先は少祐の言う通りなのだ。ただちょっと話を聞きたいだけや」

「せやけど、金が要るんやない。ただちょっと話を聞きたいだけや」

そう言ってから、蝶次はハッとして少祐を見た。

「お前、なんでむじな屋のことを知ってるんや」

尋ねた蝶次に、少祐は少しばかり胸を張って、つい先日、和尚のお供で行った檀家で耳にした話を聞かせてくれた。蝶次よりも自分の方が物知りなのが誇らしいのだろう。

「随分と変わった店で、どないな品を質草にしても、金を貸してくれるんやそうどす」

普段から少祐は蝶次を小馬鹿にしている節があった。蝶次が仕事もせずにブラブラと日々を過ごしているように見えるらしい。

確かに蝶次の仕事は遊び人の体を装って、情報を集めることだ。

「どないな品、てどういうこっちゃ？」

胸の内では、生意気な小坊主だと舌打ちをしても、相手は子供だ。こちらが下手に出ると、ますます自慢げに話してくれる。

「他の店ではとても質草になりそうもない、ガラクタでもええんどすわ」

少祐は鼻の下を擦りながら言った。炭で汚れた手で触ったので、まるで口ひげを生やしたようだ。

「たとえば、どないなもんや」

つい笑いそうになるのをこらえて、蝶次はさらに問いかけた。

「わてが聞いたのは、欠けた茶碗、口の割れた花瓶、歯の折れた櫛……」

と、少祐は指を折っていく。

「破れた掛け軸、刃こぼれした包丁、幼子の抜けた歯……」

「ちょっと待て、お前、俺をからこうてんのやないか？」

「幼子の抜けた歯」と聞いて、さすがに蝶次は腹が立った。

「そないなもんに金を出す阿呆が、どこにいてるんや。子供のくせに大人をバカにしくさって……」と、蝶次は少祐の胸倉をつかむ。

「違いますっ。わては嘘なんぞついてまへん」

力では蝶次に敵わない。少祐の顔色が青くなった。

「これ、蝶次っ」

背後で怒声が響いた。

慌てて振り返ると、朝の勤行を終えたらしい和尚の泰祐が立っていた。

仏門に入る前は、武家だったという曰くのある坊主だ。五十歳を超えてはいても、ひょろりと背ばかり高い蝶次よりは、遥かにがっしりとした体つきをしている。

「あ、おはようさんどす」

蝶次は慌てて少祐から手を離した。少祐は素早く蝶次から離れると、泰祐の背後に隠れてしまう。

泰祐は勤行の後、素振りをするのが日課だ。今も片手に木刀を携えている。

蝶次はそろりそろりと後ずさりをした。

「わしの弟子が嘘などつく筈はなかろう」

泰祐は底力のある声で言った。

「嘘やのうて、わてをからこうてんのかと……」

蝶次はかぶりを振って否定する。

「からかいでも冗談でもない。少祐の話は本当じゃ。わしもその噂は聞いておる」

泰祐は少祐に朝餉の支度を命じると、蝶次に本堂へ来るように言った。

本堂には阿弥陀如来が安置してある。泰祐は仏像に背を向けて座った。対面するように座らされた蝶次は、自然と泰祐の背後の阿弥陀仏と顔を突き合わせる形になる。これが未だになじめない。

「少祐の話は、ほんまのことなんどすな」

蝶次は急いで口火を切った。

「他人から見ればガラクタでも、物にはそれを使うていた者の想いが宿っておる。わしは『むじな屋』という質蔵は、その想いに見合う金を出しているのではないか、と考えておるのじゃが……」

「想い、どすか」

訳が分からない、と蝶次は頭を抱えた。

「商売にならしまへんえ」

これだから、坊さんと話すのは嫌だと思った。一言一言が禅問答に思えるからだ。

「まともな質屋やったら、質草はそれ相応のもんを取ります。ガラクタに金を貸す物好きは……」

「いてしまへん」と言おうとしたとき、壺を抱えた女の姿が脳裏に浮かんだ。あの「むじな」の女は、人の秘密を預かるだけで、あの広い庭を手に入れようとしているのだ。

「和尚はん、他にむじな屋のことで何か聞いてしまへんか？　いえ、壺を抱えた女の話でもええんどす」

「壺を抱えた、女、か……」

泰祐は訝しそうにその太い眉を寄せた。

「この前の法要は、商家の隠居の一周忌でな。その時、店の主人からある話を聞いた」

泰祐はおもむろに話し始めた。

「傾きかけた呉服問屋の番頭やったのが、婿入りしてから相当な苦労をして店を持ち直したらしい。妻女には先立たれたが、一人息子に跡を継がせてからは、悠々自適(ゆうゆうじてき)な隠居暮らしを始めた。それが、しばらくして、えらく塞ぎ込むようになってな。何か悩み事があるのではないか、と、息子が聞いても、ただ黙り込んでしまうだけだ」

隠居は食事もまともに取れなくなり、間もなく寝付いてしまった。医者を呼んでも、原因が分からない。病(やまい)に罹(かか)っているようにも見えないので、薬の処方もできない。

「そんな折じゃ。一人の女が隠居を訪ねてやって来た」

「もしや、その女、壺を……？」

思わず身を乗り出した蝶次に、泰祐はうむと頷いていた。

――こちらのご隠居が病とお聞きしました。うちが治して差し上げますさかい、会わせておくれやす――

女はそう言った。当然、家の者は怪しんだ。

――あんさんは医者様どすか？　せやないんやったら、帰っておくれやす。冷やかしならお断りどす——

すると、女はほほと笑った。

——他に頼るところはないんと違いますか？　このままお父はんが身罷ることになったら、あんさんは、一生後悔することになりますえ。そないな親不孝をしても、ええんどすか——

物柔らかな態度、優しげな口ぶり。だが、言っていることはほとんど脅しであった。

「息子は、そこまで言うならやって貰おう、と答えた。女の物言いも腹が立った。これで父親の病が治らなければ、奉行所へ突き出そうと考えた」

——あんさんが、ほんまにお父はんの病を治してくれはるんやったら、金は幾らでも出しますさかい……——

「それで、どないなったんどす？」

蝶次は一刻も早く、話の続きが知りたくなった。

「まあ、落ち着け」と泰祐は蝶次を宥めてから、一言こう言った。

「隠居の病はすぐに癒えた」

「すぐに、て……。その場で、どすか？」

女は隠居と二人だけにして欲しいと言った。それが病を治す条件だった。

一時（二時間）ほど、女は病室にいた。やがて姿を見せると、「もう心配はおへん」と言った。

息子が病室に入ると、驚いたことに、父親は床から起き上がっていた。息子の顔を見るなり、「腹が減った。すぐに飯の支度をしてくれ」と急かしたのだ。

父親の顔色は良く、食欲もあった。そればかりか、酒まで所望する。

「息子は喜んで、女に礼をしようとした。すると、女は……」

「金どすか？　それとも、庭か、もしくは、家？」

勢い込んで尋ねる蝶次に、ゆっくりとかぶりを振って泰祐は答えた。

「絵や」

浮き上がっていた蝶次の腰が、すとんと落ちた。あてが外れたのだ。

「絵、て……。ほんまどすか？」

「そうだ。たった一幅の掛け軸だ」

「もしかして、有名な絵師の描いた、金にすると相当な……」

「ただの古びた掛け軸だ。絵師の落款すら入っていない」

それは、七福神が描かれているだけの掛け軸だった。

「当然息子は驚いた」

――それでは、こちらの気が済みまへん。どうぞ、治療代を教えておくれやす。なんぼでもかましまへん。できるだけのことはしますさかいに……――

すると女は神妙（しんみょう）な顔でこう言った。

――いただくのは治療代やおへん。預かり賃どす――

「預かり賃？　その女、確かに預かり賃て言うたんどすな」

同じだ、と思った。唐津屋の御寮人の秘密語の預かり賃と……。

「いったい何の預かり賃かは、息子にも分からなかったようだ。尋ねても女は笑って答えない。掛け軸はいずれ受け取りに参ります、とだけ言って帰って行った」

その後、再び壺を抱えた女が現れたのは、父親の四十九日が過ぎた頃だった。

「壺の中には、亡くなったご隠居の秘密が入っている、と女は言うのだ。隠居は秘密を抱えて苦悩し、病になった。女が秘密を預かったことで、隠居は重荷を下ろすことができたのだ」

隠居は女が来てから半年後に亡くなっていた。それは穏やかな最期で、寝ている間に心の臓が止まったらしいが、その顔には幸せそうな笑みが残っていたとい

「息子は女に預かり賃の掛け軸を渡した。父親を苦しめた秘密がどんなものか、関心もあったが、このまま葬り去る方が良いと考えたのだ」

「渡した掛け軸には、何か曰くはなかったんどすか？」

唐津屋が、五百坪もある寮の庭を要求されたことに比べれば、古い掛け軸で親の秘密が消えてしまうなら、それで良しと考えるのが普通だろう。だいたい、息子にも言えぬ秘密など、ろくなものではないのだ。知らないに越したことはあるまい。

「曰くはこれと言ってなかったらしい」

泰祐はわずかに首を傾げた。

「ただ、その掛け軸も、元はといえば、蔵の奥に仕舞われていた物なのだ」

蔵の大掃除をした折、偶々それが現れた。

掛け軸を目にしてから、父親の様子がおかしくなったような気がする、と、息子である商家の主人は泰祐に語った。

「七福神の掛け軸なら、縁起物やてありがたがる筈どすしなあ」

蝶次は首を傾げる。

「少なくとも、その女は暴利を貪っている訳ではないのだろう。むしろ、死出の旅に向かう老人の心に安らぎを与えたのだとも言える」

「心にのし掛かる苦しみを取り除いてやった、てことどすか？」

蝶次には、泰祐のような達観は持てなかった。

（隠居は、何か罪を犯してたんやろか）

神島の御用を手伝っている蝶次だ。犯罪者と関わることは多い。

（もしそうだとしたら、平然と日々を暮らしていけるものなんやろか）

普通の人間ならば、罪の意識に苛まれて、まともな生活など出来なくなる。大抵は、ますます落ちぶれて行くか、自暴自棄になって命を落とす。

中にはしたたかに生き延びて、素知らぬ顔で財を成す者もいるだろう。この隠居がその類の人間だとすれば、晩年になって心を病むことなど到底あり得そうもない。しかも、女の言葉を信じるならば、隠居は抱えた秘密を女に預けただけで、罪を償った訳でもないのだ。

（まあ、その罪もほんまかどうかも、分からへんのやが……）

ただ、益々「むじな屋」が怪しく思えて来る。しかも、女はどうやら壺の中に秘密語を入れているらしいのだ。

「それにしても、女が現れた後で、隠居が亡うなるて言うのんは……」

と、蝶次は言いかけてから、女が「閻魔の使い女」と呼ばれていたことを思い出した。

「隠居は、亡くなる前に、よく『幸せや』と口癖のように言うていたそうじゃ。曇りのない綺麗な心持ちになって死を迎えられたのなら、女が現れたのはまさに仏のお導きというもの」

泰祐は両手を合わせ、目を伏せて、「南無阿弥陀仏」と唱える。

閻魔の使い女は、果たして仏が寄越(よこ)したものなのか、どうか……。

（まあ、閻魔も、仏の身内のようなもんやさかい……）

蝶次は呟いてから、いやいやとかぶりを振った。やはり信じられる話ではなかった。

其の五

多門寺を出た蝶次は、油小路通を北へ上がり、下立売通(しもたちうりどおり)を西へ向かって、北(きたの)馬場通(ばんばどおり)を越え、仁和寺街道(にんなじかいどう)へ入った。北馬場通を挟(はさ)んで寺が並ぶ。紙屋川(かみやがわ)を渡ると、そこは田畑が広がり、京の賑わいが嘘のように、静かな田舎の風景が広がっていた。

それでもここは、風光明媚で有名な嵯峨野へと向かう道だ。晩春の日差しの中、物見遊山の人の往来も多かった。威勢の良い掛け声と共に、客を乗せた駕籠が、いくつも蝶次を追い越して行く。蒲公英の綿毛が風に乗り、ふわふわと目の前を通り過ぎる。先日まで続いていた菜種梅雨で、田畑は、しっとりとした土の匂いを放っていた。

街道沿いには掛け茶屋が並び、名物だという団子や饅頭を売っていた。

予定より出立が遅れたせいで、そろそろ昼に掛かろうとしていた。どこかで、蕎麦の一杯でも腹に入れたかったが、同じことを考えている者も多いようで、飯屋や蕎麦屋は、どこも人で一杯だった。

それでも、妙心寺の門前で、やっと笊蕎麦にありつけた。冷たい茶をたて続けに三杯飲むと、蝶次は再び化野へ向かう道を歩き始めた。

唐津屋の御寮人、お津矢の預けたという秘密の語り。それだけではなく、泰祐から聞いた、隠居の話も気にかかる。

秘密語の預け賃が、片や五百坪の庭で、今一つが、古びた掛け軸一幅……。質蔵という限りは、ふつうに質草を取って金を貸しているだろうが、何しろ、その質草というのが、どう考えてもガラクタとしか思えぬ品らしい。

泰祐は「物」そのものではなく、「物に対する人の想い」だと言うが、蝶次にはどうしてもそれが納得できなかった。

もしそうであったとしても、何か通常の品での商いがある筈だ。そうでなければ、店そのものが立ち行かないだろう。それにしても……。

(なんちゅう辺鄙な所に、店を構えてはんのやろ)

今は、それも疑問の一つであった。

春は桜、秋は紅葉の名所である仁和寺を横目に、福王寺村、続いて宇多野村を越え、広沢池を右手に眺めながら、上嵯峨村に入った時、昼八つ（午後二時から三時頃）を告げる鐘が聞こえて来た。この村には、「清涼寺」という大きな寺があり、参詣人も多く、飲食の店や旅籠もある。

ここからは少し曲がりくねった道が続き、やがてゆるゆると上り坂になる。途中、祇王寺や滝口寺がある。化野念仏寺はさらにその先だ。

清涼寺の門の横に、豆腐を名物にしている店があった。木の芽田楽も売っているのか、山椒の涼やかな香りと共に、香ばしく焼ける味噌の匂いが漂って来る。

（田楽で冷酒を一杯……）

ふと心にそんな欲求が湧いたが、いやいやとかぶりを振り、伏し目がちに店の前を通り過ぎた。

しばらく行くと、旅籠の看板が目に飛び込んで来た。そこには、縦に「黒文字屋」と大書してあり、その右横に、やや小さく「むじな宿」と書かれている。

蝶次の足が思わず止まった。

「お客はん、お泊りどすか？」

暖簾を掻き分けて女が顔を出す。ふっくりとした両頰に靨のある十七歳ぐらいの若い娘で、この旅籠の女中らしい。水でも撒くつもりなのか、柄杓の入った手桶を下げている。

「客を呼び込むには、まだ早いやろう」

蝶次は怪訝な思いで娘に尋ねた。昼は過ぎたとはいえ、まだ日が高い。今から宿に入る者はいないだろう。

「今夜のお泊りにどうどす？　今なら、ええお部屋がありますえ。お宿を決めてから、ゆっくり嵯峨野巡りをしはったらえええんと違いますか？」

「俺は京のもんや。宿に泊まらんでも、家に帰れる」

「夢尽無屋」の理久という女に会って、話を聞くだけだ。半時もあったら、すぐに終わるだろうと蝶次は考えていた。

「『むじな屋』に行かはるお人は、必ず、うちに宿を取らはります」

平然と娘が言った。蝶次は驚いた。

「なんで、俺が『むじな屋』へ行くて分かったんや？」

思わず疑問を口にすると、娘は妙に偉そうに両手を腰に当ててこう言った。

「お客はん、ここの看板を見て、立ち止まらはりましたやろ。『旅籠』の看板やったら他にもあります。せやけど『むじな宿』て書かれている所はここだけどす」

「ここに泊まるんは、『むじな屋』へ来た客なんか？」

「へえ、大概はそうどす。質蔵『むじな屋』の店が、えらい分かり難い所におますねん。一回は迷うて、道案内を頼みに来はります」

「それで、帰りが遅うなった客が、この旅籠に泊まるんやな」

「どうしても帰るて言わはるお人には、駕籠を出します」

娘が道の向かいを指差した。見ると、斜め向かいには「黒文字駕籠」の看板が上がっている。土間には広い床几台があり、駕籠かきの男たちが、思い思いの恰好でくつろいでいた。

昼餉を終えた後のようだ。煙管をふかしている者もいれば、昼寝をしている者もいる。駕籠で嵯峨野を回るらしい御大尽が、女連れで立ち寄っているのも見えた。

「『むじな屋』は、念仏寺の隣やて聞いたんやが……」

すると女はコロコロと笑い出した。

「町家がひしめいている京の町とは違うて、あの辺りの隣は二町（約二二〇メートル）は離れてますえ」

詳しく聞いてみると、化野念仏寺へ続く街道から、右へ向かう山道を行くのだという。

「祇王寺を越えると、昔の天子様の御陵があります。そこから道が分かれてますさかい、そのまま山中に入って行くと、弁財天を祀った小さなお社の前に出ます。その横の道をさらに登った所にあるお屋敷が、むじな屋どすわ」

夢尽無屋は小高い位置に立っていて、そこの樹木の間から、真向かいにある念仏寺が見下ろせるのだという。

隣は隣でも、街道を挟んだ向かい側、しかも、そこへは山道を行くことになるらしい。

「道案内を頼めへんやろか」

蝶次は娘に懇願した。

娘はニコリと笑った。その笑みを見ながら、蝶次は妙に感心していた。この黒文字屋という旅籠も、夢尽無屋となんらかの関わりがあるに違いない。明らかにこの旅籠は、むじな屋への道案内を仕事の一つにしている。駕籠まで用意しているのだ。むじな屋に来た客が、他の旅籠ではなく黒文字屋を利用するのも頷ける。

「ちょっと待っておくれやす」

娘はその場に手桶を置くと、すぐに店の中へと入って行った。しばらく待っていると再び現れ、今度は横の並びにある勝手口へ行ってくれという。

黒文字屋の長い格子戸沿いに歩くと、荷車が止まっているのが見えた。屈強な体つきの男が、薪を積みこんでいる。丁度木戸が開いていて、娘がそこから蝶次を手招きしていた。

「お客はん、こっちどす」

蝶次を呼び寄せてから、娘は男に言った。月代も伸びた無精髭の男は、日に焼けた顔を蝶次に向けている。

「吉さん、このお客はんを、むじな屋へ連れて行ってあげておくれやす」

娘が男に言った。

「案内の代金は？」

蝶次が懐に手を入れかけると、娘はすかさずかぶりを振った。

「いらしまへん。あとでうちに泊まってくれはったらええんどす」

満面に笑みを浮かべて、娘は言った。

手を振る娘に見送られ、蝶次は荷車に寄り添って歩き始めた。荷車には薪が積まれている。薪の後ろには酒樽も縛り付けられていた。

「どこへ届けはるんどす？」

きっとこれらを届けるついでに、むじな屋まで案内してくれるのだろう、そう思ったのだ。

「これは、むじな屋からの頼まれもんや」

不愛想な声で、「吉さん」と呼ばれた男は答えた。

「ほしたら、むじな屋へはよう行かはるんどすか」

無口に思われた男がしゃべったことで、蝶次は少しほっとした。このまま、男二人でだんまりの道中かと思うと、気が滅入る。

「今日は酒と薪やが、米や味噌を届けることもある。案内はついでや」

ガタガタと荷車の音は騒々しい。必然、蝶次は声を張り上げることになる。

「案内ついでに教えて欲しいことがおます」

質蔵だという「むじな屋」。壺を抱えて京の町を闊歩する、女主人のお理久……。聞きたいことは幾らでもあり、充分に話を聞くだけの時間もありそうだった。

ところが、そうそう蝶次の思うようにはいかないようだ。広い清涼寺の塀が途切れて間もなく、吉は突然、街道から脇道へと入った。

そこは荷車の轍の幅しかないような山道だ。

「吉さん、道が違うんやないどすか」

慌てて尋ねる蝶次に、「こっちが近道なんや」と吉は答えて、蝶次に荷車を押すように指示した。

若葉の茂り始めた木々の枝が、左右から覆いかぶさって来る。到底、荷車の横を歩ける筈もなく、蝶次はしぶしぶ荷車の後ろへ回った。

元来、力仕事は避けて生きて来た。その蝶次が、額に汗を滲ませて、吉の手伝いをすることになった。

「それで、尋ねたいことて、なんや？」

上りの山道を思い荷車を引きながら、吉が尋ねる。

「それが……、つまり、わてが知りたいんは……」

蝶次は息が切れて言葉が続かない。

その時、息苦しいほどに周囲を覆っていた緑の天蓋が途切れた。細い渓流の辺に出たのだ。小さな木橋が架かっている。どうやら、そこを渡るようだ。

「少し休ませておくれやす」

蝶次は川の側の岩に腰を下ろした。

吉はちらりと蝶次に目をやって、仕方がないというように小さくかぶりを振った。

水は澄んで綺麗だった。両手で掬って一口飲むと、生き返った気がした。夏にはまだ早いのに、汗が首筋を伝っていた。蝶次は水に浸した手ぬぐいで、顔や首の辺りを拭う。

「そないゆっくりできへんで」

荷車に寄り掛かって、吉が言った。その目がじっと空を見つめている。

「もうじき雨になる」

「こない、ええ天気やのに……」

蝶次は半信半疑だ。

「さっきの話どすけど……」

ともかく、話を聞くのは今しかない、そう思って蝶次は切り出したが、そこで思わず首を捻(ひね)った。

(とは言うたものの、いったい何から聞いたらええのんか……)

壺の女が秘密語を集めて回っているとか、その女に秘密を預けたら死ぬ、とか……。改めて考えてみたら、到底、真面目な話とは受け取って貰えないだろう。

「吉さんの名前は、なんと言わはるんどす？」

当たり障りのないところから始めよう、と蝶次は思った。

「俺の名前？」

吉は怪訝そうに太い眉を寄せた。よく見るとなかなかに男前の顔立ちだ。髪結い床で、髭と月代を剃(そ)り、髷を整えれば、大抵の女は振り返るだろう。年齢は、三十歳を超えたぐらいだろうか。

「吉蔵、吉之助、吉太郎、吉次……、そないなところでっしゃろか。ああ、わては蝶次て言いますのや。ご挨拶が遅れてすんまへん」

相手は所詮、旅籠の下働きだ。そうそう丁寧に接する必要もなかったが、親しさを示すことで、人は心を許し、口が軽くなることを蝶次はよく知っていた。

「俺の名は……」と、しばらく考える仕草をしてから、吉は困惑したようにこう言った。

「分からへん」

「分からへん、て、あんさん、自分の名前どすやろ」

蝶次はすっかり呆れて、思わず声を上げていた。いや、ここは怒った方がええんやないか、と思い直した時、再び吉はぽつりと言った。

「俺は、自分の名前を忘れてしもうた」

蝶次は一瞬息を呑んだ。その言葉の重みに対して、あまりにもあっさりとした口ぶりであったからだ。

「よう分かりまへんなあ。もう少し詳しゅうに、事情を話してくれはらしまへんか？」

驚きから覚めると、すぐに持ち前の好奇心が頭をもたげる。

「俺には昔の記憶があらへん。『吉』て名前も、お理久さんが付けてくれた」

「お理久、て、あの『むじな屋』の？」

「すべては俺が望んだことや。俺は過去の自分を捨てたかった。せやさかい、『むじな屋』に預けたんや」

「預けた……。それは、秘密語のことどすか？」

「あんたも、知っててここまで来たんと違うか？」

吉は少々驚いたようだ。

「わては、それを確かめに来ただけどす」

「俺はてっきりあんたも、秘密を預けに来たのかと思うたんやが……」

「わてには、己で抱え込めへんような秘密はあらしまへん」

蝶次はきっぱりと言い切った。それだけは、妙に自信がある。

「秘密というもんは、錘（おもり）みたいなもんや」

吉はゆっくりとかぶりを振った。

「足につけられて、ゆっくりと深い水の底へと沈んで行く。どないにもがいても、浮かび上がらへん。助かりたければ、誰かに錘を外してもらうしかないんや」

「その錘が、秘密語なんどすな」

ふと、唐津屋の御寮人、お津矢のことが頭に浮かんだ。お津矢は秘密を、お理久に預けた。預け賃は五百坪の庭だ。それを引き換えにして、お津矢はやっと安らぎを得た。

己の人生を顧(かえり)みて「幸せやった」と言って、あの世に旅立てる者がどれほどいるだろう。

今朝、泰祐から聞いた、小間物屋の隠居もそうだった。己を苦しめていた秘密と決別することで、やっと平安な心で最後を迎えられた。

「夢尽無屋」は、人の心の錘を外す……。錘から解放された者は、やっと水面(みなも)に顔を出し、息をつくことができる。そうして、生きることの喜びを全身に感じ、「幸せや」という言葉を口にする。

「あんたには、そないな錘はないのんか？」

いきなり吉に問われて、蝶次の胸がドキリと撥(は)ねた。一瞬、孝之助の顔が脳裏(のうり)に浮かんだのだ。

「わてには、そないなもん……」

「あらへん」と言おうとして言葉に詰まり、慌てて蝶次は問いかけた。

「わてのことはどうでもええんどす。それより、吉さんは自分の錘がなんやったのかも、覚えてはらへんのどすか」

すると、「せや」と妙にあっさりと吉は答えた。

「その秘密がどないなもんやったのか、もう関心はあらへんのどすか」

「当たり前や」

と、吉は即座に言い切った。

「捨てたもんに、未練なんぞあらへん」

（捨てたもん……）

まるでゴミか何かのような扱いだ。よほど辛く嫌な記憶なのだろうか。

「せやけど」と、蝶次はさらに問いかけた。

休みは終わりやとばかり、吉はすでに荷車の先に立っている。

「『むじな屋』に秘密語を預けると、預け賃を取られるんどすやろ」

その預け賃も、どうやら金ではなく品物らしい、ということは、蝶次にも分かっている。

少なくとも、蝶次が耳にした限りは、庭と掛け軸だ。

「せやから『黒文字屋』で働いとるんや」

吉は再び荷車を引き始めた。蝶次は急いで車の後ろに回る。簡単に板を張っただけの橋を渡ると、蝶次は再び吉に声をかけた。

「つまり『黒文字屋』で稼いだ金を、『むじな屋』に渡してはるんどすな」

吉が何年「黒文字屋」にいるのかは分からなかったが、少なくとも、彼は品物ではなく、金で取引をしたのだろう。

そう思っていると、すかさず吉がこう言った。

「『黒文字屋』は、お理久さんのもんや」

驚いた拍子に、蝶次の足が止まった。

「それは、いったい……？」

「『黒文字屋』と『夢尽無屋』の主人が、お理久さんなんや。俺は、生きている限り『黒文字屋』の下働きをする。それが『むじな屋』と交わした契約や」

庭、掛け軸、果ては、「人」そのもの……。それが秘密語の預け賃なのか？

そればかりではない。「黒文字屋」の主人がお理久だということは……。

（『黒文字屋』の泊まり客は、『夢尽無屋』の客でもある）

「夢尽無屋」が、どんなガラクタでも質草にするという触れ込みは、同時に「黒文字屋」に客を呼び寄せることにもなるのだ。

（宿の実入りだけでも、「むじな屋」は充分にやっていけるんやないか？）

お理久という女は、実に上手い商売を考えたもんや、と思わず感心していた時だ。突然、周囲の木々の枝がバタバタと騒ぎ出し、容赦のない雨粒が、蝶次の頭に降り掛かって来た。

気がつけば、いつしか辺りは暗く陰っている。先ほどまでの天気の良さがまるで嘘のようだ。

「吉さん、ともかく『むじな屋』へ急ぎまひょ」

蝶次は荷車を押す手に力を籠めた。

弁財天社の鳥居の前を過ぎる辺りで、さらに森は深くなった。だが、それもすぐに終わり、切り開かれた樹木の間に立派な門が現れた。

横書きで「夢尽無屋」と大書された看板が、扁額のように掛けられている。これだけでは、質蔵かどうか分からない。

格子の引き戸を開けて門を潜ると、目の前に母屋の玄関が現れた。右手には、中戸があり、庭に続いているようだ。左手を見ると立派な蔵が二つ、入口をこちらに向けて立っていた。蔵の扉には大きな錠前が、これ見よがしにつけられている。多分、客から預かった質草が納められているのだろう。
蔵はもちろん、母屋の屋根も立派な瓦葺き(かわらぶき)だ。どうやら相当稼(かせ)いでいるらしい。

吉は戸口の開いた玄関先で、「ごめんやす」と声を張り上げた。土間が見える。雨で辺りは暗い。むじな屋の玄関口も、まるで闇がぱっくりと口を開いているかのようだ。

吉の呼びかけに応える者はいない。聞こえるのは、周囲の木々の枝葉を打つ雨音だけだ。しかも、しだいに雨は強くなっていた。

「あんたは、ここにおったらええ。俺は裏に回るさかい……」

吉は手ぬぐいで顔を拭いながら言った。薪を積んだ荷車は門の前に止めてある。確かに、このまま薪を濡らすわけにはいかなかった。

「誰も出て来ぃしまへんえ。もう一度呼んだ方が……」

すると、蝶次の言葉を制するように、吉は軽く片手を上げてから、「大丈夫や。聞こえてる」と言った。

「屋敷が広いさかい、出て来るんが遅いだけや」

吉はそう言うと再び荷車の方へ戻って行った。

その言葉通り、しばらく待っていると、すり足で歩いて来る足音が聞こえた。

「ようこそ、おいでやす」

いつの間にか、玄関先の畳の上に小さな老婆がちょこんと座っている。薄暗い中、丁寧に結われた白髪が、まるで白い玉のように浮き上がって見えた。皺だらけの顔でにこにこと笑っている。

「どないな品をお持ちどすか？」

しゃがれた声で早速問いかけて来る。いつもこうやって客に応対しているのだろう。

「わては客やのうて、お理久さんに用があって伺うたもんどす」

「品をお持ちやないんどすか？」

老婆は妙に悲しそうな声で言った。

「いや、そういう訳やのうて……」

さっきまで機嫌の良かった老婆の顔が、今にも泣き出しそうだった。蝶次は慌てて懐に手を入れると、いつも持ち歩いている小袋を引っ張り出していた。

中には、蒔絵の櫛が入っている。黒漆に青貝の螺鈿で蝶の図柄が施されたものだ。作られた当初は、それは美しい櫛であっただろう。

蝶次は物心着いた頃から、なぜかこの櫛を肌身離さず持っていた。誰の物かは分からないが、いつしかお守り代わりにしていたのは確かだ。

蝶次は櫛を老婆に渡した。

「この櫛の値打ちを、お理久さんに聞いてみたい、てそない思いまして……」

それまで皺に埋もれていた老婆の両目が、ぺかりと開いた。

「これはこれは……」

老婆は両手で櫛を受け取ると、ふんふんと匂いを嗅ぎ始める。

「良い匂いじゃ。これは実に良い品じゃ」

そう言ったかと思うと、突然口を開け、長い舌でペロリと櫛を舐めたのだ。

「婆さん、なんちゅうことを……」

蝶次が咎めようとした時、背後で「すまなんだ」と詫びる男の声がした。

振り返ると、吉が立っている。

「お理久さんは留守らしい。今夜には戻るそうや。裏で女中のお稲さんがそない言うてはった」

「いや、今そこにいる婆さんが、わての櫛を……」

再び、顔を玄関に向けた蝶次は、唖然として声を失った。

誰もいなかったのだ。

「いったい、どこへ行きよったんや」

思わず独り言を呟いてから、あっと声を上げた。

「あの婆さん、わての櫛を……」

老婆は蝶次の櫛を持ったまま、姿をくらましていた。

「ここに年寄りなんぞいてへんえ」

吉は怪訝そうに言った。

「いや、確かにおったんや。あんさんが声をかけるまで、ここに……」

蝶次は指先で先ほどまで老婆が座っていた玄関先を示す。

吉は困ったようにかぶりを振った。

「荷物は届けたさかい、俺の用事は済んだ。あんたが残るて言うんやったら、俺は帰る」

「かまへん」

蝶次は上がり框に腰を下ろした。

「元々、主人に会うために来たんや。お理久さんが帰るまで待たせて貰う。その間に、さっきの婆さんを捜すことにする」

「ほな、お稲さんにはそない言うとくわ」

吉はあっさりと返事をして、蝶次に背を向けると足早に行ってしまった。

(荷車まで押してやったのに、少しぐらいは手伝うてくれたかて……)

蝶次は胸の内で舌打ちをした。この屋敷は広い。その中で、小さな老婆を見付けるのはなかなかに困難に思えた。

座っていても仕方がない。とにかく裏に居るというお稲に挨拶をしておこうと、蝶次は腰を上げた。

その時だった。背後ですり足で歩く音が聞こえた。ハッと振り向くと、玄関座敷から見える中庭のさらに向こうの廊下に、老婆の姿があった。

「婆さん、そこにいてるんか」

蝶次は座敷に上がり込んだ。草履（ぞうり）を懐に突っ込むと、座敷から廊下に走り出る。それから、中庭から反対側の廊下へ突き進もうとした。

ところが、思ったよりも庭は複雑に入り組んでいた。どういった構造なのか、前栽（せんざい）の造作（ぞうさく）や石の置き方がでたらめなのだ。ほんのわずかな期間であったが、庭師の真似事（まねごと）をしていた蝶次には、この庭が実に異様なことに気がついた。

庭木の植生もいい加減としか言いようがない。踏み石を辿（たど）ったつもりでも、いつしか元に戻っている。かと思えば、突然、池が目の前に現れ、石に躓いた勢いで落ちそうになった。

小さな池だ。だが、水の底は見えないくらい澱んでいる。さほど広いとは思わなかった庭が、山中に放り込まれたように広く深く感じられた。

幾本もの庭木が互いに枝葉を絡め合い、蝶次の行く手を阻もうとでもしているようだ。

やみくもに両腕を振り回し、顔を打って来る細枝を避けながら無我夢中で進んでいると、いきなり開けた場所が現れた。

「なんや、これは……」

蝶次は唖然として息を呑んだ。

そこは、むじな屋の母屋の前であった。玄関口の左側に見覚えのある蔵が立っている。いつしか日も傾いた夕暮れの中、すべての音が途絶えたかのように、辺りは物音一つなく静まり返っていた。

(狐にでも、化かされたんやないやろか)

吉はこの家に老婆はいないと言っていた。

(もしや、あの婆さん、化野の狐か何かで……)

そんなことを思っていた時、ふと、向かって左側に立つ蔵が、何やら白っぽい光に包まれているように見えたのだ。

目を凝らすと、蒼い夕靄に沈んでいるかのようなその蔵が、ぼうっと微かに浮かび上がっている。

蝶次は蔵の前まで近づいてみた。入口には重々しい錠前が掛かっている。蝶次はその錠前に手を触れた。当然のことながら、鍵がなければ中を覗くこともできない。

「見たいのか？」

いきなり背後で声がして、蝶次は思わず飛び上がりそうになった。慌てて振り返ると、あの老婆が平然とした顔で立っている。

真っ白な髪で結われた髷には、蝶次の櫛が挿してあった。まるで、それが老婆の物でもあるかのように、櫛は誇らしげにそこにある。

「何やら、光が見えたもんやさかい……」

蝶次はいたずらを咎められた子供のような気分になり、慌てて言い訳をしようとした。だが、すぐに（ちょっと待てや）と、思い直した。

「婆さん、ようも櫛を取りよったな」

思わず手を伸ばすと、老婆はヒョイと身を躱し、「返して欲しいのか」と聞いて来た。

「当たり前や。それは元々わてのもんや」

怒ってみせると、老婆はにんまりと笑った。

「櫛をわしにくれるなら、その蔵の中に入れてやっても良いぞ?」

老婆を捕まえようと両腕を伸ばしかけた蝶次は、その言葉に思わず動きを止めていた。

「鍵を持ってるんか?」

老婆は大きくかぶりを振った。白い髷の上で、蝶次の櫛がゆさゆさ揺れる。

「鍵なんぞのうても開けられるぞ」

老婆は蝶次を押しのけるようにして、扉の前に立った。

「櫛をくれるならば開けてやる。開けずとも良いのなら……」

「どないする気や?」

「逃げる。お前にわしは捕まえられぬぞ。損をするのは、お前だけじゃ」

老婆は口元を窄めて「ほっほっ」と笑った。

「返す気はないんやな」

蝶次は諦めた。櫛の曰く因縁は気になったが、このまま彼の手にあってもさして意味のない物かも知れない。今は、ただ光を放つこの蔵の方が気になる。いったい、何がここに入っているのか？

「分かった。櫛をやる。その代わり、蔵の中を見せてくれ」

「ほいほい」と老婆は嬉し気に頷いた。

「だが、中に入っても見るだけじゃ。決して、中の品物には触れるでないぞ」

老婆は念を押すように言って、蝶次の顔を見上げた。

「わては泥棒やあらへん。誰ぞとは違うんや」

皮肉を込めたつもりだが、老婆には通じなかったようだ。

老婆はその皺だらけの手を、錠前に載せる。

「鍵もないのに、どうやって開ける気や」

呆れていると、ガチャリと音がして錠前がグラリと外れた。

老婆が軽く触れただけで、扉はわずかにギギイと音を立てて左右に開く。その隙間から、光は外へとほとばしり出て来る。

蝶次は両腕に力を込めて、自分の身体が入るぐらいの幅に扉を開けた。

「良いか。決して触れてはならぬぞ」

老婆の声を背に聞きながら、蝶次は一歩、蔵の中へと足を踏み入れたのだった。

蔵の中は妙に明るかった。日も暮れ、灯(ともしび)もない。それでも、蔵の内部はぼうっとした光で満ちている。目を凝らすと、薄い青色か緑色ともいえる光の塊(かたまり)が、整然と並んでいるのが見えた。

近寄ってみると、光を発しているのは壺(つぼ)であった。天井まで幾段もある棚に、大きさといい形といい、全く同じに見える壺が無数に置かれている。

（あの女の持っていた壺にそっくりや）

高瀬川の辺で見かけた時、ムジナの女は確かに同じような壺を小脇に抱えていた。

艶々(つやつや)とした青磁のような肌の壺……。

（お理久とかいう女主人は、この壺に人の秘密を入れているそうやが……）

果たしてそんなことができるものだろうか。

（でまかせに決まっとる）

蝶次は胸の内で吐き捨てるように呟いた。

しかし、見れば見るほど不思議な壺だ。何しろ、自ら光を放っているのだ。じっと見つめていると、壺の表面に何やら文字のようなものが浮かんで来た。それはしだいにはっきりして来て、「庄兵衛」だの「徳之助」だの「えん女」だのと、まるで、人の名前のようにも思える。

(いや、これは名前なんや)

すぐに思い直した。

蝶次の目の前の壺は、「津矢女」の文字が読み取れた。

「これは、唐津屋の御寮人の……」

お津矢の秘密語が入っているというのか?

思わず壺に手を伸ばそうとした蝶次の脳裏を、「触れてはならぬ」という老婆の言葉が過った。

すぐに手を引っ込めようとした、その時だ。隣に置かれていた壺が目に入った。同じようにその壺にも名前が浮き出ている。

「里女(さとじょ)」と読めた。

(わての母親と同じ名前やないか?)

蝶次は周囲の棚に視線を走らせた。棟木(むなぎ)や太い梁(はり)の見える天井裏まで、壺の棚は続いている。そのいずれもが淡い光を放っていて、表面には人の名前がひと際強く輝いていた。

お里の名前の壺の斜め上段が気になった。やや高い所にあるので、壺の名前がよく見えない。

(壺に触れへんかったらええんや)

蝶次は下の棚に両手を載せると、背伸びをした。

そう思った。

見上げた壺の名前に覚えがある。

思わず声を上げた。

「喜十郎……、喜十郎やて?」

(喜十郎、て、あの喜十郎やろか。行方知れずやていう……)

「駒屋」の庭師で、「唐津屋」の千寿と恋仲だった男だ。

「何者だ?」

突然、男の声が問いかけて来た。

蝶次は驚いて飛び上がった。その瞬間、指の先が冷たい物に触れるのを感じた。

（しもたっ）

と思ったが遅かった。蝶次の目の前でお津矢の壺が揺れている。慌てて支えようとして、蝶次は壺に触ってしまった。

パン……、と乾いた音がして、壺は弾けるように割れた。欠片が蝶次の足元に散乱する。唖然とする蝶次の前で、今度は隣にあった「里女」の壺が傾き始めた。

受け止めれば、壺は壊れる……。為す術がなくなり、動けなくなった蝶次の眼前で、何やら白い袖がふわりと揺れた。鼻先を、嗅いだこともない香の匂いが漂っている。

里女の壺はその袖に受け止められ、再び元の位置に収まった。

「そなた、壺を割ったな」

ため息と共に男の声が言った。見ると、ひとりの若い男が蝶次の前に立っている。

背の高い、美貌の男だ。不思議なのは、その身なりであった。まるで公家の若君のように、白い狩衣を身に着けている。頭には立烏帽子。髪はわずかの乱れもなく、その烏帽子の中に納まっていた。

「あ、あなた様は……」

蝶次は尋ねた。自分のものとは思えないほど掠れた声だ。

「この左蔵の守りじゃ。そなたは何者じゃ。誰の許しを得て、我が蔵へ入った？」

「へ、へえ、わては……」

男の顔には怒りはない。その声も落ち着いたものだ。しかし、この男の蔵の物を壊してしまった限りは、どのように咎められても仕方がない。

「堪忍しておくれやす」

蝶次は男の前に両膝をついた。

「この蔵が、何やら光っているので、わてはどうしても中を見とうなって……」

この通りどす、と蝶次は深く頭を下げた。

「ほう、そなた、蔵の光が見えたのか？」

男は蝶次に関心を持ったようだ。

「蔵だけやおまへん。ここにある壺も、すべて光ってます。わてはそれが気になって、つい手を伸ばしてしまいました」

「しかし、錠前が掛かっていた筈だ」

男はわずかに小首を傾げる。

「婆さんが……」

蝶次は急いで言葉を続けた。

「婆さんが開けてくれはりました。せやなかったら、わては中に入られしまへん。そうどす。悪いのは、あの婆様どす」

蝶次が必死で言い訳をしていると、ガラリと蔵の扉が開いた。

「何事どす？」

瞬間、辺りが真っ暗になり、蠟燭の灯が、ぽっと蝶次の前に現れた。慌てて周囲を見回すと、壺の光が消えている。あの公家の若者の姿もそこにはなかった。

「あんさんは誰どす？」

蠟燭の向こうに女の顔が浮かんでいる。

（むじなだ）と咄嗟に思った。

噂に聞いていた「夢尽無屋」のお理久。やはり、あの雨の中、高瀬川沿いの道で見かけた女だ。

「この夢尽無屋の蔵を狙うやなんて、えろう度胸のある盗人どすなあ」

呆れたように言ってから、わずかに微笑んでみせたが、その切れ長の目は刃の鋭さで、蝶次をグサリと突き刺していた。

「わては盗人やありまへん。この蔵には婆様が入れてくれはりました。ほしたら、お公家の若様がいきなり現れて、わてはもうすっかり驚いてしもうて……」

「あんさんのことは、黒文字屋で吉さんから聞きました」

女は蝶次の言葉を遮ると、すっと蔵の中に入って来た。それから蠟燭の明かりで念入りに辺りを照らしている。

不思議なことに壺は、もはや蛍ほどの光も放ってはいない。

「壊れてますなあ」

お理久は視線を床に落とした。そこには壺の欠片が散らばっている。平然とした態度だが、その声音は冷たかった。

「すんまへん。どないして償うたらええんか」

蝶次は項垂れた。

心の中では、少なくとも割れたのが一つで良かった、と安堵していた。現れた時と同じように、いきなり消えてしまった公家のことも気になったが、ともかく、「里女」の壺は壊れずに済んだのだ。それが、本当に母親に関わる物なのかどうかは分からない。ましてや、割れたことで何が起こるのか、想像もできなかった。

「ここでこき使うてくれてもかまいまへん。なんでもしますよって。金を払えて言わはるんやったら、掻き集めてでもなんとかします」

青磁の壺なのだ。結構な値段に違いない。ここは堪えて「早瀬」に頭を下げれば、さすがにお里もなんとかしてくれるだろう。

「お金には替えられしまへん。どれだけ銀や小判を積まれたかて、どないしようもおへん。中身が無うなってしもうたんやさかい」

「中身、て……」

蝶次は改めて床を見た。理久の手にした明かりに映し出されるそこには、壺の破片しかないのだ。

「どう見ても、中は空やったとしか……」

「あれには秘密の語が入ってましたんや」

初めてお理久はその顔に怒りを見せる。

「それが消えてしもうた」

確かに、壺の中には秘密語が入っていることはすでに聞いている。だが、それは何かのものの喩えだろう、ぐらいにしか蝶次は考えていなかった。物ならば確かに入る。姿形のない物を、いったいどうやって入れるというのだ？

「始めっから、何も無かったんと違いますか。わては、てっきり人から聞いた話を、紙にでも書いて入れていたのか、と……」

「あんさん」

お理久は訝しそうに、柳の葉のような眉根を寄せた。

「ここに何の用で来はったんどすか？　吉さんは金を借りに来た客やろう、て言うてはりましたけど、どうも違うようどすな」

「あ、そうどした」

蝶次は急いで着物の衿を直してから、改めてお理久に向き直った。

「わては蝶次ていうて、町方の御用を手伝うとるもんどす。唐津屋の千寿さんが証文のことで困ってはったさかい、わてが力になろう思いまして。いくら何でも、年寄りの秘密をネタに、あの寮の庭を取り上げるていうのは、あまりにも非道やおまへんか？」

　自分が壺を割ったことを棚に上げて、ここぞとばかりに蝶次はお理久を咎めていた。自分が何やら大変なことをしたような気はしている。だが、どう考えても、この女の行いや言動の方がおかしい。蝶次の櫛を奪った老婆も怪しければ、あの若君も何やら不気味だ。

「そうどすな」

蝶次に返されたお理久の口ぶりは、あまりにもあっさりしすぎていて、却って拍子抜けした。

「壺が壊れて、お津矢さんの秘密語は無うなってしもうた。もう『夢尽無屋』にはあらへんのやさかい、あの証文も価値が無うなった。もう捨ててくれてもようおすえ」

「捨てる、て、そない容易ういくもんなんどすか?」

蝶次はすっかり面食らってしまった。

「ここに秘密語が無いんやさかい、仕方おへん」

お理久はきっぱりと言い切った。

「そうどすか、ほなら、わてはこれで……」

「夢尽無屋」自体には、いろいろと不審な点もあったが、壺のことであれこれ言われないだけでもましだった。

(とりあえず、ここは早う退散して……)

少なくとも、唐津屋の寮の庭はこれで奪われずに済む。千寿も寮を離れることもできるし、駒屋は庭に手が入れられる。唐津屋が元の庭に戻った寮を売り払えば、それですべては上手くいくのだ。お津矢の壺を割ったことで、事は思い通りに運んだ。

蝶次は深々と頭を下げると、急いで蔵を出ようとした。

「どこへ行かはるんどす？」

お理久が蝶次を呼び止めた。

「用事は済みましたさかい、これで失礼させて貰います」

そそくさと一歩前に踏み出した蝶次の身体が、次の瞬間その形のまま固まってしまった。

外へ出た筈なのに、そこは再び元の蔵の中なのだ。

そればかりか、最初に彼が入った時のように壺が光を放っている。蔵の中は再び光に満ちていて、お理久の手にした蠟燭など、もはや意味がなくなっていた。

「さっき、なんでもするて言わはりましたなあ」

確かに言った。気の済むまで使うてくれ、と……。

「その約束、守って貰いまひょか」

そう言って、お理久はふっと笑った。

其の六

何やら辺りが騒めいている。身体はまだ疲れが残っているようで、ひどく気だるい。もっと眠っていたかったが、周囲の物音がそれを許してくれないばかりか、止めは娘の甲高い声であった。

「お客はん、そろそろ起きはったらどうどす？　日も高うおすえ」

身体まで揺さぶられ、蝶次はしぶしぶ目を開けた。

飛び込んで来たのは、自分を覗き込んでいる娘の顔だ。

（ここは、どこや？）

咄嗟にそのことが閃いて、蝶次は慌てて身体を起こしていた。

「お前、誰や？」

尋ねる蝶次に、娘はふっくらとした両頬に靨を見せる。

「いやや、お客はん。寝ぼけてはりまんのか」

肩先をバシッと叩かれた。

「ここは黒文字屋どす。上嵯峨村の旅籠どすがな」

「黒文字屋？　確か、むじな宿……」

合点が行くまで、少々時が要った。

（わては、夢尽無屋の蔵にいた筈や。出ようとして、出られずに……）

蝶次は必死で昨晩の記憶を辿る。

「いったい、いつの間に、黒文字屋へ来たんやろ」

すると、呆れたように娘が言った。

「覚えてはらへんのどすか？」

夜も更け、皆が寝静まった頃、いきなり玄関先の扉を叩く者がいた。寝入りばなだった娘はその音に起こされ、玄関口のつっかえ棒を外した。

「ほしたら、お客はんが立ってはったんどす」

来る前に宿は取っていた。部屋も用意してあったので、すぐに布団を出した。蝶次は布団が敷かれた途端、倒れ込むように寝入ってしまったのだという。

「まるで死んだように眠ってはるさかい、うちも驚きました」

娘は目を瞠る。

「吉さんからは、『夢尽無屋』に残ったて聞きましたんやけど、何かあったんどすか？」

「何があったんやろか……」

蝶次はその言葉を、自分に投げかけるように繰り返した。

「よっぽど疲れてはるようやし、このまま寝かしてあげようて思いましたんやけど、食事をしはらへんのは、身体に悪うおす。なんやったら、お粥でも作りまひょか？」

改めて問われて、蝶次はひどく空腹なのに気がついた。多分、もうじき昼になるだろう。昨晩から何一つ口には入れていないのだ。

「粥やのうて、腹に溜まるもんを食わしてくれ」

蝶次は娘に頼んだ。

承知しました、とばかり娘は立ち上がったが、部屋を出ようとして思い出したように蝶次を振り返った。

「せや。お客はんが抱えてはったもん、そこの床の間に置いときましたさかい、帰る時に忘れんよう気ぃつけて下さい」

「抱えてた、て……」

視線を床の間に向けると、片隅に青磁の壺が置いてある。壺には蓋がついていて、柔らかな日差しを浴びて、薄い青味を帯びた光を放っていた。

その途端、止まっていた頭が動き始めた。蝶次の記憶はクルクルと回転し、昨晩の夢尽無屋の光景が脳裏に蘇って来た。

――その約束、守って貰いまひょか――

顔は笑っていても、口調は冷たい。お理久はすぐに表情を消した。それぞれが光を放つ壺が、天井まで並べられた蔵の中。冬の寒さが再び舞い戻って来たかのような、ヒヤリとする空気……。

――取り戻して来ておくれやす――

お理久はいきなりそんなことを言った。急に感じ始めた寒さに、蝶次が思わず震え上がったその時だ。お理久はグッと蝶次の前に顔を突き出して、さらにこう言ったのだ。

――お津矢さんの秘密語は、解き放たれても戻る主はいてしまへん。秘密は一番身近なもんの所に戻ります。己の人生を狂わせるほどの秘密を、全く別なもんが引き受けることになりますねん。ほしたら、そのお人はどないなります？――

――ど、どないなるんどす？――

蝶次は震えながら尋ねた。もはや寒さのためではなかった。

——本来の持ち主の苦しみを背負うことになります。そうなれば、到底、正気ではおられしまへんやろ。耐えられず、自ら命を絶つ、てことも……——

——あきまへん。そないなことになったら……——

蝶次は慌てた。お津矢にとってもっとも身近な人間は、娘である千寿なのだ。

——そうなったら、わてが、千寿さんを死に追いやったようなもんどす——

蝶次はお理久に懇願した。

——わてはどないしたらええんどす？　どうやって千寿さんを助けたら……——

——あんさんが、逃げ出した秘密語を捕まえはったらええんどす——

そう言って、お理久は蝶次の前に青磁の壺を差し出したのだ。

——あんさんの不始末どす。あんさん自身で片づけておくれやす——

蝶次は壺を受け取った。磁器の冷たさが両の掌から全身に伝わる。そのせいか、妙に頭が冴えて来た。

（いったい、なんや、これは？　どないなっとるんやろ）

津矢の名前の壺には、津矢の秘密が入っていた。蝶次のせいで壺は壊れ、秘密は千寿の頭の中で蘇る。母親の秘密は娘を死へと追いつめるほどのものらしい。

（もしや、このすべての壺に？）

蝶次は改めて蔵の中を見回した。

無数の白い光を放つ壺がそこにある。

先ほど、うっかり落としかけた「里女」の壺。それに「喜十郎」の壺……。

（彼等の秘密語が、壺の中に入ってるていうんやろうか）

お里の秘密……。

冷静になってみれば、今は母親の秘密が何よりも気にかかる。

――よう分かりました。わての不始末が帳消しになるんやったら、どないなことでもさせて貰います――

「夢尽無屋」そのものに大きな秘密がある。それを知る上でも、しばらくお理久に関わっている方が良いだろう。蝶次は咄嗟にそう思ったのだ。

考えてみれば、このお理久という女そのものが謎であった。閻魔の使い女、などと呼ばれているが、そもそも蝶次は「地獄極楽」も、「閻魔様」も信じてはいない。

ただ、この女が、何やら怪しい幻術を使っているのは間違いないようだ。唐の国には、人に幻を見せる薬があるとも聞いている。

――一つお願いがあります――

蝶次は壺を懐に抱き込むようにして尋ねた。壺は思ったよりも軽く、さほど大きなものでもない。これならば、お理久が持って京の町を歩き回れる筈だ。

――先ほど、わては、この屋敷の婆様に大事な櫛を奪われました。あれを返しては貰えしまへんやろか――

どういう謂れで、蝶次の持ち物になっているのかは知らなかったが、何かとても大切なものらしいのは分かる。光る蔵への好奇心からつい老婆に渡してしまったが、それが今となっては悔やまれた。

思えば、あの老婆がこの蔵を開けさえしなければ、蝶次は壺を壊すことはなかった。しかし、老婆が悪い訳ではない。「開けてくれるなら、櫛をやる」と言ったのは、確かに蝶次の方だ。

――あれは、わての大事なもんなんどす。代わりのもんをなんぞ用意しますさかい、どうか、あの婆さんから櫛を取り戻しておくれやす――

お理久はじっと蝶次を見つめている。いつしか、蔵の中を覆っていた光は消え、再び、お理久の持つ灯火が揺れていた。

ゆらゆらと、女の影が背後の壺の棚を覆っている。それは、人の形をしているようで、そうでもないように思える。

——右蔵（うくら）の婆様はどこにいてはります？——

突然、お理久が声を上げた。蝶次は一瞬びくっとしたが、それが自分に向けられたものではないのはすぐに分かった。

——蔵で大人（おとな）しゅうしておる——

答えた声は、若い男のものだ。

ふわりと白い影が視界を過ったかと思うと、先ほどの公家風の男の姿が、お理久の傍らに現れた。

——この者の櫛がよほど気に入っておる様子。手放す気にはなるまいて——

公家は、視線を蝶次に向けると「諦めよ」と言った。

——そなたは私の蔵を荒らしたのだ。返礼を望む立場ではあるまい。何かを求めるならば、後始末をしてからだ——

物言いは柔らかだが、声音（こわね）は厳しい。

——そんなことより、壊された壺の秘密語を早う取り返さねば、いろいろと面倒なことになるぞ——

——左蔵の若様。この男は信用できますやろか？——

お理久は不審そうな眼差しを蝶次に向けている。

──壺をどこかにほかして、逃げるてことはあらしまへんやろか？──

──いえいえ、決して、そないなことは……──

閻魔の使い女に睨まれて、蝶次は慌ててかぶりを振った。

──案ずるな。私が見張っておるゆえ……──

「左蔵の若様」と呼ばれた男は、すっと腕を伸ばすと、蝶次が懐に抱えていた壺に触れた。

その瞬間、壺がパッと光ったかと思うと、生きているかのようにドキリと動いた。取り落としそうになって急いで抱え直した。しっかりと壺を胸に抱きしめた時、目の前が真っ白になった。耳鳴りがして、頭がクラクラする。その中で、意識がしだいに遠くなっていき、再び気がついた時には、黒文字屋の戸口の前に立っていたのだ。

蝶次は壺の前に座り込み、腕組みをして「ううむ」と唸った。

何がどうなっているのか分からない。

（夢やったんやろか……）

光を放つ蔵とその中にあった無数の壺……。それぞれの壺には、母親や喜十郎の名があった。

（あれが、ほんまにお母はんの壺やったとしたら……）

母のお里は、どんな秘密語をお理久に預けたのだろうか？

（わてが壊したのが「里女」の壺やったら、今頃お母はんは、忘れていた記憶に苦しめられていたんやろか）

ふと胸が晴れる気がした。自分の子を金で売ったのだ。（いい気味や）と思った。

（それにしても、なんで喜十郎まで……）

未だに行方も分からない駒屋芳太郎の弟子であり、千寿の恋仲であった男……。

千寿は母親のお津矢から、喜十郎が夫の佐平治を殺して逃げたと告げられていた。その言葉に縛られて、千寿は長年母親から離れられず、あの牢獄のような家で暮らさねばならなくなった。

（壺が壊れたことで、お津矢の秘密が分かるかも知れん）

お理久の言葉を信じるならば、その秘密は今、千寿の許に返っている筈なのだ。

蝶次は改めて目の前の壺をじっくりと見つめた。うっすらと緑味を帯びているところが、何の変哲もない、ただの青磁の壺だ。

なんとも言えず美しい。

(幾らになるんやろか)

一瞬、道具屋に売ることがすぐに頭を過る。

(あかん、あかん)とすぐに自分の考えを打ち消した。「夢尽無屋」もお理久も、それにあの蝶次の櫛を持ち去った老婆も、さらには……。

「あの左蔵の若君も、何やら怪しい……」

彼等が人ではないのだとしたら、やはりその報復が怖ろしかった。何よりも、あの公家の男は蝶次を見張っていると言ったのだ。

「どうやって、わてを見張るつもりなんやろう」

蝶次は、指先でツイと壺を突っついた。

しばらく待ったが何も起こらない。急に自分のしていることが阿呆らしく思えた。身体から力が抜け、蝶次は仰向けに寝転ぶ。

(わては、何をやってるんや)

そう思った途端、腹がぐうと鳴って、いきなり空腹が押し寄せて来た。

蝶次が唐津屋の寮に戻ったのは、その日の夕暮れ時だった。門を潜り、玄関先で声をかけると、しばらくしてお豊が顔を出した。

「お戻りやす。お疲れさんどしたなあ」と言ってから、ついと視線を蝶次の胸元に向けた。

例の壺を、蝶次は風呂敷に包み、両腕で抱えていた。風呂敷は黒文字屋を出る時、娘から渡された物だ。

――お客はん、そないなもんを剝き出しで持ってはったら、洛中を歩かれしまへんえ――

風呂敷は黒地に、狸だか穴熊だかが二匹、白抜きで描かれていた。彼等は剽軽な恰好で踊っている。

黒文字屋の女中は、「お咲」といった。随分とふざけた風呂敷だったが、この旅籠が「むじな宿」の名で通っているなら、多分、この獣は「むじな」なのだろう。

「お土産どすか？」

お豊が顔を近づける。

「いや、これは」とごまかして、蝶次はすぐに「嬢はんは、いてはりますか」と聞いた。

もうじき暗くなる。いない筈はなかったが、取り敢えずお豊の関心を壺からそらしたかった。

「いてしまへんえ」と、お豊はすぐに答えた。

「昼間に、『唐津屋』さんから使いが来はりましてなあ」

急用があるからと、千寿は兄の佐吉に呼ばれたらしい。

「なんというても、唐津屋は嬢はんのご実家どすさかい、ゆっくりしてはるんやろ。今夜はもう戻って来はらへんのと違いますやろか」

主人がいないのだ。お豊も夫婦でのんびりと過ごそうというのだろう。

「せやったら、明日まで待たせて貰てもかましまへんか」

蝶次は頼み込んだ。

「これから帰って出直すいうのんも、手間が掛かります。今から唐津屋に行くには遅い。ここにいてたら、嬢はんが戻らはった時にすぐに会えますよって……」

するど、お豊は困惑したよう首を傾げた。

「主がいてへんのに、勝手に他人さんを泊めてええもんかどうか……」

「わては嬢はんの使いで化野まで出向いたんどす。嬢はんかて、わてに会いたい筈なんや」

強く言い切ると、お豊も承知するしかないと考えたようだ。

「まあ、あんさんもお客はんのようなもんや。お泊めしてもよろしおすやろ。せやけど、お食事の方は……」

「わては酒があれば、後は茶漬けでもええんどす」

「酒やったら、うちの人が飲んでるのがあります。あまりええお酒やないけど、それでよろしゅうおすか？」

「へえ、酒ならばなんでも……、味醂でもようおます」

「味醂」と聞いて、お豊はぷっと噴き出した。

お豊は蝶次を客用の座敷に通してくれた。さすがに恐縮する蝶次に、お豊はここより他には、納戸部屋しかないのだと言った。

お豊が作ってくれた食事を平らげ、味醂ではなく酒を一合ばかり飲むと、やっと心が落ち着いて来た。

なんとなく、この世とは別の世にいたような気分だ。異界、とでも言ったら良いのだろうか。寮に戻って、ようやく蝶次の生きる世に戻って来られたような気がした。

改めて思えば、到底、信じられぬことばかりだ。

あの蔵の中で見た光は、いったい何であったのか。幾つも並んでいた、人の名前の書かれたあの壺は？

秘密語が入っているというが、形のない物をどうやって壺の中に入れているのか……。

いや、そもそも、自分は夢尽無屋へ行ったのだろうか？

吉やお咲は確かにいた。自分と同じ、「人」のように思える。

では、お理久は、と言えば……。

（人か魔物か、山に棲む魑魅魍魎の類か、はたまた……）

やはり「むじな」か、それとも……。

（閻魔の使い女）

蝶次は強くかぶりを振った。

（これは何かのまやかしや。わてが昔やってた、いかさまの博打とおんなじで、きっとどこかに絡繰りが……）

ある筈、と思いつつ、蝶次はがくりと首を垂れて、頭を抱えた。

その時、蝶次の視線が、ふと壺の包みを捉えた。

(お理久は、わてがお津矢の壺を割ったせいで、千寿が苦しむて言うてたな)

だが、今、千寿は唐津屋の兄の許にいる。

(わてが案ずることなど、ないんと違うやろか)

お理久に騙されたのか。だとすれば、なぜ、そんなことをする必要があるのか……。

お豊が夕餉の膳を持って来た時、蝶次は千寿の様子を聞いてみた。

――この寮を買いたい、て言うお人がいてはるそうどす――

庭が夢尽無屋のものである限り、寮を渡す訳にはいかない。千寿も苦しい立場だろう、と、蝶次は憐みを覚える。庭のことがなかったら、千寿も寮に居座るつもりはないのだ。

――ええ加減、嬢はんも承知しはったらええんどすけどなあ。縁談も全くない訳やおへん。もう御寮さんもいてはらへんのやさかい……――

お豊は大きくため息をつく。

(わてが解決せんことには、千寿さんはこの家を離れられんのや)

最初は、駒屋芳太郎の「寮の庭に手を入れたい」という望みを叶えるためであった。それが今では、千寿を自由にしてやりたいという思いの方が先に立っている。

（それにしても、お津矢の秘密ていったいなんやろ）

是が非でも知りたいところだ。いずれにせよ、今は、千寿に変化は見られないようだ。

改めて蝶次は風呂敷包みに目をやった。相変わらず、むじなが滑稽な姿で踊っている。

（逃げた秘密語を取り戻せ、て言われても、どないしたらええんやろ）

お理久は、肝心なことは教えてくれなかった。いや、それとも、聞いていながら覚えていないだけなのだろうか。

蝶次は壺の包みを膝に載せ、風呂敷の結び目をほどいた。するりと風呂敷は綺麗に広がり、あの美しい壺が現れるかと思えた次の瞬間、蝶次は「わっ」と声を上げて、壺を片手で払いのけていた。

ごろりと畳に転がったのは、およそ壺とは似ても似つかない物だった。

「さ、されこうべや」

髑髏が一つ、まるで生えてでもいるかのようにそこにある。ぽっかりと空いた丸い二つの穴はどんな感情も映さないまま、ただじっと蝶次を見上げていた。

（こいつは……）

驚きの後に、怒りが湧き上がって来た。

（あの女、やはり狐か何かで……）

化かされたのだ、と思ったその時だ。視界をふわりと白い物が過り、髑髏が宙空に浮き上がった。

「堪忍や。堪忍しておくれやす」

何を許して欲しいのか、自分でも分からない。とにかく化け物を怒らせたかと、蝶次は両手を合わせてその場に突っ伏した。

「愚か者め」と、誰かが笑った。

はっと顔を上げると、目の前にあの左蔵の若君が立っている。その腕には、先ほどの髑髏が抱えられていた。

「そなたは夢尽無屋の女主とは違うのだ。髑髏を壺に見せかける力は持ち合わせてはおらぬ」

「壺、て……。されこうべが、あの綺麗な壺なんどすか」

――お客はん、そないなもんを剝き出しで持ってはったら、洛中を歩かれしまへんえ――

　黒文字屋のお咲の言葉が、唐突に頭に浮かんだ。

（もしや、あのおなごには、これが髑髏に見えてたんやろか）

　その割には、お咲の態度は落ち着いたものだった。

　蝶次の狼狽（ろうばい）ぶりを面白そうに眺めながら、若君は狩衣の袖で髑髏を撫（な）でた。すると、再び髑髏は壺に変わった。

「目くらまし、どすか？　今は壺に見えますんやけど、わての目がおかしいのか、それとも、ほんまに髑髏が壺になったんか……」

　首を傾げる蝶次に、若君は小さく笑ってこう言った。

「そなたが見て壺ならば、他の者の目にも壺と映る。それで不便はあるまい」

「せやけど、なんで髑髏が壺になるんどす？」

　若君の言葉は、到底納得できるものではない。いったい、どんな理屈があるというのだろう。

「人は頭を失えば生きてはおれまい」

　若君は蝶次に言った。

「へえ、手や足を落とされても、生きて行くことはできます」

罪人の処刑は首斬りだ。人が生きる上で「頭」は大切だ。

「人は頭で考える」

「そうどすなあ。考えすぎると、頭が痛うなりますよって」

「さすれば、人の記憶も頭という器に納められておるものであろう？」

「人の秘密も頭の中に……。つまり、されこうべの中、てことどすな」

要するに、頭は壺のようなものだと言いたいらしい。

思わず背筋がゾクリとした。蝶次が夢尽無屋の左蔵で見た無数の壺は、すべて髑髏だというのか？

しかも、あの黒文字屋の女中は、それが髑髏だと分かっていて、風呂敷まで用意してくれた。

（あの娘も、もしかしたら……）

すっかり言葉を失っている蝶次に、若君は妖しげな美貌を近づけて来た。

「考えてみよ。化野の土の下には、誰とも知れぬ者の髑髏が星の数ほど埋まっているのだ」

どうやらお理久は、それらを掘り出しては、秘密語の入れ物として使っているらしい。

「人の目には壺に見える。何人も怪しむことはあるまい」

「そないなこと、人の力でできることどすやろか？」

尋ねてから、蝶次は己の愚かさに気づいた。明らかに、尋ねる相手を間違えていたのだ。

「人にはできぬなら、人ではないのだろう」

考える素振りを見せながら、若君はそんなことを言う。どこか蝶次をからかっているような口ぶりだ。

「人やないんやったら、いったい何どす？」

「さあて、それは……」と若君は切れ長の目を蝶次に向ける。

「閻魔の使い女、または、ムジナ。そなたたち人は、そう呼んでいるのであろう」

いきなり行灯が消え、周囲が闇に包まれた。若君の姿はなく、気がつけば、蝶次は一人で壺に向かって語りかけていた。

頭の中が、一瞬真っ白になった気がした。

（わては、いったい何をしてるんやろう？）

そう思った時、急に怒りが湧いて来た。

（人を弄るんも、たいがいにせえ）

何よりも、得体の知れない者たちに翻弄（ほんろう）されている自分に腹が立った。その時、蝶次の脳裏に泰祐和尚の言葉が浮かんだ。

――恐怖は魔物の恰好の餌（えさ）じゃ。怖れれば、心を喰われてしまうぞ――

心が喰われる、ということは、己が己でなくなることだ。そうならないためには……。

――石となれ。何者にも壊されぬ石の心を持て――

分かったような、分からないような言葉であった。当時、風にそよぐ柳のような生き方をしていた蝶次を見かねて、泰祐が諭（さと）した苦言であったが、妙に今の自分に当てはまる気がした。

目を凝（こ）らせば、暗闇の中にぽつりと置かれた壺は、再び淡い光を放っている。

（こうなったら、あの女の正体を暴（あば）いてやる）

お理久だけではない。あの蔵の守りだという若君と婆も、だ。

だが、腹はくってはみたが、今はどうすることもできない。千寿が帰ってこないことには何も進まなかった。

すでに寝床はお豊が用意してくれている。行灯の油も切れているようなので、起きていても仕方がなかった。

（寝よ）

蝶次は両腕を思いきり伸ばすと、布団の上に仰向けに倒れ込んでいた。

何やら辺りが騒々しい。熟睡していた蝶次を、誰かが激しく揺さぶっている。

「蝶次はん、起きておくれやす」

幾度か呼ばれて、蝶次は嫌々ながら目を開いた。すると、お豊が必死の形相で覗き込んでいた。

周囲はうっすらと明るくなっている。夜明けが間近なのだろうか。白々とした光の中で、お豊の顔はひどく青ざめて見えた。

「何事どす？」

蝶次は驚いて撥ね起きた。

「嬢はんが、嬢はんが……」

お豊は蝶次にすがりつくようにして、口をパクパクさせている。

「千寿さんが、どないしたんやっ」

蝶次はお豊の両肩をつかんで揺さぶった。

一呼吸おいて、やっとお豊は話し始めた。

「先ほど、いきなり帰って来はりましたんや」

まだ夜も明けきらぬ中、ドンドンと門を叩く者がいる。気づいた作蔵が門を開けに行った。

「嬢はん、どないしはりました？　こない朝早うに……」

その声に、お豊も慌てて外に出た。見ると、千寿がたった一人で立っている。

「嬢はんの様子が何やらおかしいんどす」

千寿の髷は崩れ、着物は乱れ、しかも裸足だった。何よりも視線が定まらず、呼びかけても答えようとはしない。家にも上がろうとせずにそのまま……。

「庭の方へ入って行かはったんどす」

寮の庭は、そう易々と人が入って行ける状態ではない。それは蝶次がすでに確かめている。

「亭主が止めても聞かしまへん。亭主に、蝶次はんを呼んで来い、て言われて」

作蔵は千寿と一緒に庭の中に分け入ったらしい。

（お津矢の記憶が、千寿に乗り移ったんや）

――持ち主のいない秘密語は、一番身近な者の所へ戻る……――

お理久は蝶次にそう言った。そうして、その秘密の苦しみを背負わせる。

まるで気が触れたようになった千寿は、迷わず寮の庭へ行った。

（やはり、この庭に津矢の秘密がある）

蝶次は髑髏の壺の包みを取ると、急いで庭に足を踏み入れたのだった。

生い茂る木々の枝葉が、生き物のように襲いかかって来る。庭全体が巨大な獣となって、蝶次を丸呑みにしようとしていた。何度も蔓草（つるくさ）に足を取られ、露（つゆ）に濡れた草で滑りそうになる。そろそろ日も昇ろうというのに、未だ辺りは薄暗い。暗い筈だ。間もなく、雨がぽつりぽつりと降り始めた。春雷（しゅんらい）なのか、遠くで雷鳴まで聞こえた。

油断すると木々の枝葉が目を突いて来る。払いのけようとすれば、猫のように引っ搔く。そうやって出来た傷が痛むのも構わず、蝶次はさらに深く分け入っていた。

しばらくの間、無我夢中で歩みを進めていた蝶次は、はたとあることに気がついた。

確かにここの庭は広い。だが、幾ら広くとも五百坪ほどだ。まっすぐ進んでいれば、どこかで垣根に突き当たる。

だが、庭がどんどん広がってでもいるように、一向に庭の「果て」にたどり着けないばかりか、千寿はおろか作蔵の姿すら見つけられないのだ。

急いだので草履を突っかける暇さえなかった。小石を踏んだ足の裏がヒリヒリと痛む。

雨脚がしだいに強くなった。雷もだんだん近づいている。まるで深い山中にたった一人で放り出されたような気がして、不安ばかりか怖れまで感じて来た。

その時だ。

「包みを解け」と、耳元で誰かが囁いた。左蔵の若君の声だった。

蝶次は言われるがままに風呂敷を解いた。

剝き出しになった壺が急に軽くなったと思うと、蝶次の目の前でフワリと浮いた。壺は白い光に包まれている。

「若君、わてはこれからどないしたら……」

考えてみれば、秘密語の回収の方法は分からないままだ。

「ついて来れば良い」

再び若君の声が答えた。壺は庭の奥に向かって飛んで行く。木々の枝が波を分けるように、道筋を示していた。

「嬢はん、やめておくれやすっ」

作蔵の声が突然耳に飛び込んで来た。気がつくと、蝶次は池の傍(かたわ)らに立っていた。あの紅梅だという梅の木がある場所だ。

梅の根元に千寿がいた。千寿は素手で土を掘っている。作蔵はそれをなんとか止めようとしていた。

蝶次は二人の側へ駆け寄った。

千寿の白い両手は土に塗(まみ)れていた。激しくなる雨の中、千寿は狂ったように土を掻いている。暗くなった空を稲光が切り裂き、その度(たび)に、千寿の姿が亡霊のように浮かび上がった。

「嬢はん、どうか、どうか……」

熊のような男が半泣きになっている。

「作蔵さん、後はわてがやりますよって……」

蝶次は作蔵に言った。

「わてを嬢はんと二人きりにしておくれやす」

無理やり千寿を止めることも考えたようだ。だが、作蔵も手を出せぬほど、今の千寿には鬼気迫(ききせま)るものがあった。

「何か方法でもあるんどすか?」

「わては、そのためにここへ来たんや。任せておくれやす」

自信たっぷりに言うと、作蔵は「ほな、頼みます」と意外にあっさりと諦めてくれた。よほど、千寿の変貌ぶりに怖れをなしていたようだ。

壺は蝶次の傍らにちょんと収まっている。蝶次は壺の蓋を取った。

「嬢はん、そこに何があるんどす?」

まずは千寿を落ち着かせようと、蝶次は穏やかな口ぶりで話しかけた。千寿はただひたすら土を掘り返している。蝶次はその手を押さえた。千寿の手はすでに爪(つめ)が剝(は)がれかけ、血が滲んでいる。蝶次は千寿が哀(あわ)れになった。

千寿が掘っているのは、お津矢の秘密だ。それがどんなものであるのか、蝶次には分からない。しかし、たとえそれが怖ろしい秘密語であったとしても、雨に全身を打たれ、今にも泣き出しそうな顔で土と戦っている千寿には、罪など微塵(みじん)もないのだ。

あまりの痛ましさに、蝶次の胸は張り裂けそうになった。時折轟(とどろ)く雷鳴も、まるで千寿の慟哭(どうこく)に聞こえた。

「嬢はん、あきまへん。綺麗な手が傷だらけや。わてが代わりますよって……」

蝶次は宥めるように声をかけ、そっと背後から抱え込むようにして千寿を立たせた。千寿の身体は小刻みに震えている。寒さからではないのが、蝶次には分かった。

蝶次は両膝をつくと、土を掘り返し始めた。千寿は無言で蝶次の手元を見つめている。幸い雨のせいで土も軟らかくなっていた。

やがて、手の先が何かに触れた。蝶次はそれを掘り出した。布を巻かれた、一尺（約三十センチ）ほどの細長い塊だ。

布は何枚も重ねられている。朽ちてすっかりぼろぼろになっていたが、わずかに柄も残っていた。よほど大切な物なのか、絹地に錦の縫い取りが入っている。

何やら嫌な予感がした。開けてはいけないものを開けなければならない。再び、このまま埋めてしまいたい思いに駆られたが、真剣に見つめる千寿の眼差しがそれを許さなかった。

一枚、一枚、衣を剝がすように、蝶次は丁寧に布を解いて行った。中のそれが現れた時、蝶次の全身を何かが貫いたような気がした。

突然、千寿が声を上げて泣き出した。ひったくるように蝶次からそれを奪うと胸にしっかりと抱え込む。

千寿はひたすら泣いていた。ずっぽりと濡れた髪が、解(ほど)けて顔に乱れ掛かっている。雷の白い光と暗闇が交互に入れ代わる中、激しく木々の枝を打つ雨の音と雷鳴が、千寿の心の中を吹き荒れる嵐のようだった。

やがて、雷鳴がしだいに遠のいて行った。

いつしか細く緩(ゆる)やかな雨が、二人と、その小さな亡骸(なきがら)を濡らしている。

布に包まれていたのは、赤ん坊の遺体だった。変色し、枯れ木のように朽ちた小さな身体だ。おそらく、生まれて間もない嬰児(えいじ)なのだろう。

「養子にやった、て、お母はんは言うたんや。まさか、死んでたやなんて……」

嗚咽(おえつ)で、言葉が途切れ途切れになりながらも、千寿は吐き出すように言った。

「嬢はん、この赤子はいったい……」

蝶次の頭もすっかり混乱している。

「うちの子や。うちと喜十郎さんとの間に出来た子なんや」

それから千寿が語り始めたのは、お津矢がその心の奥に隠し通して来た秘密であった。

お津矢は、どうしても喜十郎を娘の婿(むこ)にはできなかった。それは喜十郎が、かつて恋仲であった男との間に生まれた子であったからだ。

「喜十郎と千寿さんは、父親違いの兄と妹……。そういうことやったんどすな」

夫の佐平治はそのことを知らなかった。それほど好き合っている二人なら、夫婦にしてやりたいと思うのは父親としての親心だ。

お津矢はついに喜十郎が自分の子であることを佐平治に告げた。さすがに温和(おんわ)な佐平治も、怒りを露わにしてお津矢を責めた。

「お母はんにも、どないすることもできんかったんどす。父に責められて、とうとう……」

お津矢は思わず佐平治を突き飛ばした。運悪く、庭に転げ落ちた佐平治は庭石で頭を打ってしまった。

「喜十郎は、そのことを……」

「へえ」と涙ながらに千寿は頷いた。

「この寮で父と会う約束をしていた喜十郎さんは、すべてを聞いていたんどす」

語りながら千寿の態度は徐々に変化していった。落ち着きを取り戻しただけでなく、それが他人事(ひとごと)のような口ぶりになった。

見れば蝶次の側にあった壺が、光を放ち始めている。それは、千寿の語りに合わせるように徐々に輝きを増していくのだ。壺が薄い緑とも青も思える光を強めればそれだけ、千寿は正気を取り戻していた。

千寿の口ぶりは静かになった。

「喜十郎さんは、自分の実の母親が、お母はんやったことを知ってしもうた」

喜十郎が確かめた時には、佐平治はすでに亡くなっていた。茫然と為す術もなく立ち尽くしているお津矢に、喜十郎はこう言った。

――御寮さんが、わてと千寿との仲を許さへんかった理由が分かりました。わては養子やった。ほんまのお母はんが分かっただけでもようおます――

喜十郎はお津矢に、千寿に佐平治を殺したのは自分だと告げるように言った。

――わてが旦那様を殺して逃げたことにすれば、千寿もわてに愛想を尽かしますやろ――

添い遂げるのは叶わぬ身……。それを知った時、喜十郎は何もかも捨てる決意をしたのだ。そうして喜十郎は姿を消した。この母娘の前には二度と現れないつもりで……。

結局、佐平治の死は不慮の事故で片づけられた。お津矢が自ら夫殺しを認めれば、千寿が人殺しの娘になってしまう。喜十郎もそんなことは望んではいなかった。しかも、喜十郎が下手人だと言えば、千寿も諦めるしかなくなる。二人が兄妹であることも、このまま闇に葬ることができる。

「喜十郎さんが行方知れずになってから、うちは身籠っているのを知りました」

皮肉なことに、兄妹の間に子が生まれてしまった。

「うちは、この寮でひっそりと子を産みました」

誰にも知られず、母と二人で暮らすこの寮で……。お豊と作蔵は知っていただろうが、この二人の口からその事実が漏れることはなかった。

「生まれた赤子は養子に出す、てお母はんはうちに言うたんどす。その方が、子供かて幸せになれる、て……」

だが、十年前、千寿の産んだ子供は梅の木の下に埋められた。

「死んでたやなんて、うちは、何も知らなんだ……」

——千寿にはほんまのことは言わんように……——

父親の死、恋仲であった男の失踪……。さらに子供の死産。産後の娘にはあまりにも重すぎる、そうお津矢は考えたのだ。

確かにお津矢の秘密はこの庭に埋められていた。夫を殺し、実の息子を追い詰め、さらには娘に嘘をついたお津矢が、その業の重さに耐えかねていた時、ムジナが現れた。

お理久はお津矢の業を預かった。己を縛(いまし)め苦しめる秘密から解放されて、初めてお津矢は楽になったのだろう。

その時だ。壺が一瞬強く光った。狩衣の袖が蝶次の眼前で揺れ、現れた白い手が壺にそっと蓋をする。

気がつけば、静かな雨の中、蝶次と千寿は向かい合うようにして地べたに座り込んでいた。

「嬢はん、それ、わてが預かりまひょ」

蝶次は千寿に向かって手を伸ばした。千寿は自分が抱きしめている物に視線を落とした。

「まあ、こないなところに……」

千寿は驚いたように声を上げた。

「これ、うちが子供の頃に遊んでいた市松人形(いちまつにんぎょう)どす。いつの間に、木の下に埋まってたんやろ」

「子供の頃は、よう訳の分からんことをしますさかいに」

千寿の目には人形に映っているのだろう。それはそれで確かに救いだと蝶次は思う。

（目くらましも役に立つもんやな）

お津矢の秘密語は、千寿の口を通して再び壺に納まった。

「せやけど、その人形、どないしはるんどす？」

千寿が無邪気な顔で蝶次に尋ねた。

「知り合いの和尚に頼んで供養して貰います」

蝶次は答えてから、空を見上げた。

「人形供養どすな」と、千寿は微笑んだ。

「雨、どうやら止んだようどすなあ」

周囲の暗さを撥ね退けるように、朝日が木々の枝葉を通して差し込んでいる。

（これはこれで、美しい庭や）と蝶次は思った。それから、蝶次は自分が泣いていることを知って、急いで片手を顔に当てた。

「雨の後の朝は、なんや眩しゅうおすな」

言い訳めいたことを呟く蝶次に、千寿は晴れやかな声で、「今日はええ天気になりますなあ」と笑った。

第二章　蔵ノ語　くらのかたり

其の一

蝶次が多門寺に帰り着いたのは、丁度、昼餉が終わった頃だった。裏の井戸端で、少祐が器を洗っている。

蝶次が声をかけると、顔を上げて「ようお戻りやす」と言った。

まん丸い顔に、笑うと目が糸のようになる。その愛嬌のある顔が、蝶次を見た途端に凍り付いた。

ぴょんと少祐は飛び上がると、意外にもすばしこい動きで本堂の方へ駆け出して行く。

「和尚はん、大変どす。すぐ来ておくれやすっ」

甲高い声で呼び立てられて、さすがの泰祐も驚きを隠せない様子で姿を現した。

「蝶次っ、お前はいったい何をやって来たのだ?」

泰祐は、怒り出す寸前でかろうじて己を抑えている。少祐に至っては、泰祐の後ろに完全に姿を隠し、わずかの坊主頭と片目を出して、恐々と蝶次を見つめていた。

「和尚はん、わて、どないに見えます？」

泰祐に見極められないなら、多分坊主としての眼力もさほどではないだろう、と蝶次は考えた。しかし、やはり何かを悟ったようだ。少々驚いたのは、小坊主の少祐までもが、何か尋常でないものを嗅ぎつけたことだ。

「蝶次はん、側にいてはるお人はどなたはんどす？」

少祐が怖ろしそうに尋ねて来る。

「赤い着物を着てはって、もしや、幽霊……」

「阿呆やなあ。幽霊が昼間っから出るかいな」

蝶次はわざと声を上げて笑った。

（小坊主、さては若君の姿が見えてんやろか）

だが、若君は白い狩衣を着ている。

怪訝に思っていると、泰祐が気難しそうにこう言った。

「少祐は境内でも掃いていなさい。蝶次は、わしと本堂に……」

そう言うと、泰祐はさっさと本堂へ向かって歩き出した。少祐は蝶次からできるだけ離れるように横歩きで去って行く。

その様子がおかしいのか、クスリと笑う若君の声が蝶次の耳元で聞こえた。

本堂では泰祐が阿弥陀如来の前で待っていた。蝶次は泰祐の前に畏まって座ると、真新しい晒の布の塊と、ムジナの柄の風呂敷包みを置いた。

「これが何かお分かりどすか？」

すると、泰祐は眉間に深い皺を寄せ、声を落としてこう言った。

「生まれて間もない赤子の遺体と、髑髏であろう」

「さすがどすなあ」と蝶次は感心する。

「それも相当に曰く因縁の深いものじゃ。子の方は供養してやらねばなるまい。じゃが、されこうべの方は……」

「こちらは、結構どす」

蝶次は急いで泰祐の言葉を遮っていた。

「されこうべは行くあてがありますよって、供養されては困ります」

「そのような物、どこへ持ち込むつもりなのだ？」

「言えしまへん」と、蝶次はかぶりを振る。

「お前、何か良からぬモノに憑かれておるのではあるまいな」

良からぬモノ。そうかも知れんと、蝶次は思った。確かに、今の自分はムジナに取り憑かれている。

「ともかく、こっちは訳ありどすねん。せやけど、この赤子の方は哀れな話どしてな」

身元は明かせまへん、と断ってから、蝶次は泰祐に事情を話した。

「互いに思いを寄せながらも、一緒になれへんかった男と女がいてましてなあ。男と別れた後、女は身籠っているのが分かりました。生まれたらどこぞに養子にやる手筈になってたんどすけど、これが死産やったんどすわ。取り上げた女の母親は、それを娘に告げることができず、庭の梅の木の下にこっそりと埋めてしもうたんどす。その母親が亡うなった後に、偶然、女はこの子の亡骸を掘り出してしまいましたんや」

できるだけ、情を抑えて蝶次は語った。それでも、しだいに胸が締め付けられて来る。

確かに、千寿も喜十郎も、またお津矢も、妻の手で命を失った佐平治も、哀れといえば哀れであった。しかし、誰からもその存在に気づかれぬまま、木の根元に埋められていた赤子が、誰よりも可哀そうだった。

たとえ生きていたとしても、実の親とは縁を結べなかった子だ。祖母のお津矢でさえ、この子が死産であったことを、本心では喜んでいたのかも知れない。

（なんの罪もないというのに……）

これまで、蝶次は心のどこかで、己の運命を理不尽なものと捉えていたところがあった。

妾の子として生まれたのは、蝶次のせいではない。跡継ぎを欲しがり、期待外れだと分かった源次郎は蝶次を見捨てた。いいや、それ以前に、金と引き換えに、子供を須磨屋に渡したお里はどうなのだ。

だが、何よりも、孝之助の口車に乗せられて、すべてを反故にしたのは蝶次自身だ。他者を恨む筋合いなど、己にはなかった。

いずれにせよ、重い秘密を抱えるあまり、お津矢の心が壊れかけていたのは事実だ。そのお津矢から辛く苦しい秘密を預かったのが、夢尽無屋のお理久という訳だ。

（これも、人助けなのかも知れん）

預かり賃が五百坪の庭というのも、案外それほど法外な値ではないのだろう。

「和尚はん、先日、閻魔の使い女が現れた後に亡うなった、ていう商家の隠居の話をしてはりましたなあ」

蝶次は改めて泰祐に視線を向ける。

「ああ、むじな屋とかいう質蔵のことであったな」

「隠居の名は、なんと言わはるんどす？」

泰祐は少しばかり考え込んでから、「確か幸兵衛であったか」と言った。

「『山城屋』という呉服問屋の先代じゃ。傾きかけていた山城屋が、幸兵衛の婿入りで京でも指折りの大店になった。まさに『幸いの婿』だと、同業の者の間でも評判だったらしい」

幸兵衛は、名前を地で行く華々しい半生だった。当然、苦労も多かったろうが、幾ら努力を重ねても、人の生き様には運不運は付いて回る。

その幸兵衛が、晩年、何やら秘密に苦しんでいた。

（七福神の掛け軸……）

お理久が秘密語の預かり賃に要求した絵が、今となっては蝶次の心に引っ掛かる。

「赤子の供養、よろしゅう頼んます」

蝶次は泰祐に頭を下げた。

「せっかくこの世に生まれて来たのに、誰からも望まれへんかった子どす。むしろ死んで生まれたことで、安堵した者もいてはったやろ。誰も赤子のことを知るもんはいてしまへん。産みの母親にも、忘れられてしもうた子どす」

言葉を積み重ねながら、蝶次の胸は再び圧し潰されそうになった。何か言葉をかけてやりたかったが、何も思い浮かばない。

ただ救いは……。

（十年も冷たい土の下でよう堪えたな。お前を土から掘り出して抱き上げ、ほんの一時でも涙を流したのは、お前のお母はんや。あの世に行っても、そのことだけは覚えておくんやで）

柄にもなく、目頭が熱くなった。蝶次は慌てて、着物の袖で零れそうになっていた涙をこする。

「お前が覚えていてやれば良い」

その時、泰祐がしんみりとした声で言った。

「幾ら辛く、苦しいからと言うて、忘れてしまうことが幸せとは限らぬ。人はどれほど重い荷物であっても、一旦背負うたら、それを降ろしてはならぬのだ。わしはそう思う」

「なんや、和尚はん。まるで身に覚えがあるみたいな言い方どすなあ」

泰祐の前でうっかり涙を見せてしまった蝶次は、照れ隠しのつもりでわざとからかうように言った。

てっきり怒り出すかと思ったが、泰祐は意外にも蝶次の言葉をそのまま受け止めるように頷いた。

「それができるのも、人が人である証しじゃ。そうは思わぬか？」

反対に問い返されて、蝶次は思わず「そういうもんかも知れまへんなあ」と答えた。

悩み、苦しみ、七転八倒をする。それこそが人である証しならば、それから逃げることは良くないことなのだろうか？

蝶次は無言でかぶりを振った。答えなど無いような気がする。なぜなら、人が幸福であろうとすることが悪いことには思えないからだ。

（お理久て女は、いったい何を考えとるんやろう）

蝶次は改めて目の前の包みに目をやった。いずれにせよ、この壺を夢尽無屋の蔵に納めないことには、蝶次の仕事は終わらないのだ。

再び、蝶次が上嵯峨村の黒文字屋を訪れたのは、日も西に傾いた夕暮れ間近であった。千寿の産んだ赤子の葬儀は、少祐を含めた三人で執り行った。寺の裏手にある墓地の片隅に遺体を埋め、小さな盛り土をした。泰祐は、その上に石の地蔵を置くつもりだと言った。

経文はいつもより念入りに唱えられた。それでも、蝶次には幼子の魂を慰めるには足りないような気がした。母親に、その存在を忘れられていたのだ。これほど、子にとって酷いことはないように思えた。

ささやかだが、心尽くしの葬儀を終えた頃には、少祐も平気で蝶次の側に寄って来るようになった。

「さっき、何が見えたんや」

尋ねた蝶次に、少祐は答えた。

「せやから、赤い着物を着た綺麗な人や」

「若いお公家はんやなかったか？　立烏帽子を被った……」

すると「いいや」と言うように少祐はかぶりを振った。

「蝶次はん、阿呆なあ。幽霊は女の人やて、昔から決まっとる」

「女？　おなごやったんか？」

左蔵の若君を見たのではなかったのか……。驚いているとさらに少祐はこう言った。

「髪に櫛を挿してはったえ。黒い漆地に蝶々の模様の……」

えっと驚いて蝶次が言葉を詰まらせている間に、泰祐に呼ばれた少祐は、さっさとその場から立ち去ってしまった。

蝶次を出迎えたのは、お咲だった。

「今夜泊めてくれ。明日は夢尽無屋へ行くさかい、また吉さんに案内を頼みたいんやが」

「お理久さんならいてはりますえ」

蝶次はお咲に案内されて、お理久がいる奥座敷へと通された。

庭はすでにうっすら闇に包まれ始めている。ほんのりと温かい風の中、木々の枝葉がそよぐ音が聞こえた。庭木や前栽の手入れが行き届いているのが、宵闇が迫って来る中でも分かった。

「腕のええ庭師を使うてはりますなあ」

長い廊下を、お咲の後ろを歩きながら蝶次は言った。

「ここの庭は、吉さんが手を入れてます」

お咲はそう言ってから、ふと足を止めて蝶次を振り返った。

「お客はん、庭に詳しいんどすか？」

「いえ、わてのはただの聞きかじりで」と、蝶次は言葉を濁す。

「そうどすか。黒文字屋にお泊りのお客はんで、ここの庭に関心を持たれるお人から、よう『ここの庭は駒屋の造作か』て尋ねられるんどす。なんや木の枝の払い方や庭の作りに、庭師の特徴があるんやそうどすわ。うちにはよう分からしまへんのやけど……」

お咲は再び足を進めると、「ここどす」と座敷の障子に手を掛けた。

「女将はん、例のお客はんが戻らはりましたえ」

「御苦労さんどしたな」

お理久は、澄ました顔で茶を淹れながら蝶次に言った。

蝶次はお理久の前に風呂敷包みを置くと、壺を取り出した。壺は淡い光を放っている。お理久は茶を一口啜ると、壺を引き寄せた。茶はどうやら自分が飲むためのようだ。蝶次に勧めようともしない。

「これで、お津矢の秘密語は戻ったんどすやろ」

そのために起こったあれやこれやを思い出しながら、蝶次は言った。

壺の表にはうっすらと名前が浮かび上がっている。

「困りましたなあ」

その時、独り言のようにお理久が言った。

「なんや、何か文句でもおますのか?」

蝶次は少しばかり喧嘩腰になる。

「よう見ておくれやす」

そう言って、お理久は壺に浮かんだ名前を指先で示した。

「津矢女」とそこにはあった。だが、その隣には、「千寿女」の文字が浮かんでいる。

「これは、どういうことどす?」

蝶次は驚いたが、すぐにあっと気づいて顔を上げた。

「まさか」と呟いた蝶次に、お理久はこくんと頷いてみせる。

「秘密は記憶どす。秘密語を預かることは、人の記憶を預かることどす。これにはお津矢さんだけではなく、千寿さんの記憶まで入ってます」

生まれた子供が、すでに死んでいて、梅の木の下に十年も埋められたままだった……。母親としては胸が切り裂かれるほど辛いその記憶を、確かに蝶次はこの壺の中に取り込んだのだ。

「それのどこがあかんのどす？　千寿さんは死産したことを覚えてしまへん。今も養子先で幸せに暮らしているて思うてはるんどす」

「預かり賃どすわ」

とお理久は平然と言った。

「一つの壺に一つの秘密。その秘密語の預かり賃をいただかんことには……。こうなったら、もう一つ千寿さんの壺も用意せなあきまへん」

「あんたは、鬼かっ」

蝶次は思わず腰を上げると声を荒らげた。

「欲しいのは金か。それとも庭だけでは飽き足らず、今度はあの寮もよこせて言うてんのかっ」

「強欲」とは、このことかと思った。これでは、「人助け」どころか、まさに「人の弱み」に付け込んでいるようにしか見えない。

あの春雷の最中、狂女さながらだった千寿が、徐々に正気を取り戻していく様子を目の当たりにして、蝶次はお理久に対して、感謝すらしていたのだ。

実際、あの時、壺に千寿の記憶を納める他に打つ手は一切なかった。

（それも、これも、己の欲のためか……）

そう思えば、ほんの一瞬でもありがたがった己が、愚か者に見えて来る。

「これが夢尽無屋の商売どしてなあ」

激高する蝶次を見つめて、お理久はあくまで冷静さを崩さない。

「人を助けるのには見返りが要りますよって。それに預かり賃はあの寮やあらしまへん」

お理久はじっと蝶次を見つめると、赤い唇を引き延ばすようにして笑った。

「あんさんが預かり賃どす。千寿て娘さんに幸せになって貰いたいんやったら、見返りに、あんさんがうちの所で働いてくれはったらええんどす」

どしんと蝶次は腰を落とした。

「わてに、千寿のためにあんたの許で働け、てそない言うてんのか？」

考えてもみなかった展開だった。

（このわてが、誰かのために、やて？）

千寿を助けたい、とは、確かに思った。雨に打たれながら、なりふり構わず泣き叫んでいた顔が、蝶次の脳裏に今もはっきりと焼き付いている。それは、蝶次が己の無力さを嫌でも感じた瞬間であった。

「断ってもよろしおすえ」

押し黙ってしまった蝶次に、お理久は言った。

「あんさんが、その娘さんに義理立てせなあかん理由は、あらしまへんのやろ」

「やらせて貰いまひょ」

蝶次はお理久の言葉を遮るように、きっぱりと言い切った。

「どうせ、吉さんのように、この黒文字屋でこき使われるんどすやろ。へえ、よろしゅうおます。薪割りでも荷運びでも、掃除でも、なんでもやらせて貰います。せやけど、わてには、庭の面倒までは見られしまへんえ。吉さん……」

「吉さんのようにはいかしまへん」と言おうとして、蝶次は言葉を呑み込んでいた。

「駒屋の造作か」とよく尋ねられる、とお咲は言っていたのだ。

庭木の樹形を作る「仕立て物」には、庭師によってそれぞれ好みが出る。樹幹の仕立て方にも、「直幹」や「曲幹」、「斜幹」などと呼ばれる仕立て方があるのだ。枝の刈り込みにも、玉作り、車仕立てなどの「段作り」、また「蓬莱仕立て」、「玉散らし」がある。

どれを得意とするかが、職人の持ち味となり、客は好みで庭師を選ぶことになる。

（吉が庭師やったら、『駒屋』の職人かも知れへん）

その考えが浮かんだ時、咄嗟に「喜十郎」の名前が蝶次の脳裏を過ったのだ。

「なんも難しい仕事やあらしまへん。それにうちでは庭師は間に合うてますさかいなあ」

蝶次の胸の内などに構う様子もなく、お理久は平然と話を進める。

お理久は傍らの壺をさらりと撫でながら、こう言った。

「あんさんは壺を集めて来はったらええんどす」

「壺を集める、やて？」

ふんと蝶次は鼻先で笑った。どんな幻術を使っているのかは知るよしもないが、壺の正体は人のされこうべなのだ。

「おかしなことを言わはりますなあ。壺てもんは、土をこねて焼いて作るもんと違いますか。もしくは、出来てるもんを買うて来るもんや。それを、集めるて、どういうことどす？」

知っていながら蝶次はお理久に尋ねた。この女がどんな態度を見せるのか気になったのだ。

「化野の地に埋もれて、人の目に触れることもなく数百年を過ごした、されこうべ。あんさんも、とうに知ってはるんと違います？」

すぐに切り返されて、むすっと蝶次は黙り込んだ。確かに、左蔵の若君からすでに聞いている。どうやら、人の記憶の入れ物には、人の髑髏が適しているらしい。

「よう分かりました。壺は集めますさかい、千寿さんの秘密語は大事に取っておいておくれやす」

喜十郎のことも聞きたかった。果たして、吉は喜十郎なのではないか？　しかし、それを知ってどうなるのだろう。吉は記憶がないと言う。自らお理久に預けたのだとしたら、それは二度と思い出したくないからだ。

心を通わせ、将来を誓い合った女の母親が、己の実母であった。自ら人殺しの罪を着せられることを覚悟し、行方をくらましたのは、実母を夫殺しの下手人（げしゅにん）にしたくなかったというより、千寿の身を何よりも案じたからだ。

おそらく、喜十郎は、千寿が己の子を身籠っていたことは知らないままなのだろう。

「壺集めは、吉さんが連れて行ってくれます。要領（ようりょう）をよう心得てはりますよって、言わはるようにしてたらよろし」

話は終わったとばかり、お理久は腰を上げた。

「今から、さっそく取り掛かっておくれやす」

蝶次は呆気に取られてお理久を見上げた。せいぜい、仕事は明日からだと思っていたのだ。

「お咲に夕餉を用意させます。食べたらすぐに行っておくれやす。壺集めは夜の仕事どす。月の光と夜露で洗い、夜風にさらさなならんさかい」

（さすがに閻魔の使い女や。人使いが荒いわ）

と思ったが、もはや口にはしなかった。

月は上弦、穀雨も間近の頃だった。ほんのりと温かい風は湿り気を帯び、蝶次の頬にまといつく。大急ぎで夕餉を済ませた蝶次は、吉の引く荷車の後ろから、人家の灯りが全く見えない化野をゆっくりと進んで行った。足元の草が匂い立つ。聞こえるのはギシギシという車の音……。何やら、このまま地獄の底まで連れて行かれそうで、さすがの蝶次も背中がゾワゾワして来る。

「なあ、吉さん」

と、蝶次は前を行く吉に声をかけた。どこぞで蛙(かえる)の声が聞こえる。空には幾つか雲が浮かび、それが月を隠す度(たび)に、辺(あた)りは真っ暗になり何も見えなくなるのだ。

「提灯(ちょうちん)の一つも、持って来た方が良かったんやないどすか」

半月の月明(あか)りが頼りでは、心もとない。

「下手(へた)に明かりがあると、されこうべは見つからんのや」

吉は相当慣れているようだ。

「月の光、それも、上弦か下弦(かげん)の半月の光や。地面を見とると、ぼんやりと光ってるところがある。そこを掘るんや」

言われて蝶次は視線を落とした。若草も随分(ずいぶん)伸びて足首に絡(から)みつく。土の表面など全く見えなかった。そこは化野の念仏寺をさらに西に向かった辺りだった。

草地は緩(ゆる)やかな傾斜になり、しだいに山裾へと向かっている。夜、このまま山中に入って行くのは、やはり怖かった。

できるなら、さっさと二つ三つ髑髏を拾(ひろ)って、宿に帰りたいところだ。そんなことを思って目を凝(こ)らしていると、叢(くさむら)の一角が白く光った気がした。蝶次は足を止め、叢を覗(のぞ)き込む。すると草に覆(おお)われたその辺りが、再びぼっと光を放ったのだ。

「吉さん、ここや」

蝶次が振り返ると、吉はすでに鋤と鍬を荷車から降ろしている。吉は鋤を蝶次に差し出した。

「丁寧に掘るんや。時を経た髑髏は弱うなっとる。わずかでも欠けたら、使いもんにならん」

吉は鍬の先で、根を張った草を慎重に取り除き始めた。

吉の手元を見ながら、蝶次もそろそろと鍬で土を掘る。時折、月が雲間に隠れ、辺りは真っ暗になったが、目が闇に慣れて来たのと、髑髏が発する淡い光で何も不便はなかった。

髑髏は立て続けに面白いほど見つかった。蝶次はいつしか土を掻くのに夢中になった。

「一つ、二つ……」と吉が掘り出した髑髏を数え始めた。

「六つ。これだけあったら、次の下弦の頃までは足りるやろ」

蝶次は額の汗を拭うと、うんと腰を伸ばした。考えてみれば、奇妙な仕事ではあったが、念仏寺は、かつて風葬の地であったこの化野で、掘り出した骨を供養するために建立(こんりゅう)されたものだ。それを考えれば、自分もまた似たことをやっているようにも思える。

(これも、供養の内か……)

掘り出した髑髏に人の秘密を入れて、夢尽無屋の蔵に納める。考えてみれば、あの蔵は寺のようなものなのかも知れない。

髑髏はそのまま秘密語の棺(ひつぎ)だ。葬ることで、人は背負っていた重い荷から解き放たれる。ならば、あのお理久という女のやっていることは、やはり人助けになっているのだろう。

――人はどれほど重い荷物であろうと、一旦背負うたら降ろしてはならぬ――

ふと泰祐の言葉が蝶次の頭に蘇(よみがえ)って来た。

――それが、人が人である証しじゃ――

(わてなら、どないするやろう)

蝶次はそんなことを思いながら、吉に目を向けた。吉は髑髏を荷車に載せている。荷車には筵(むしろ)が敷かれてあり、最後の一つを置いてから、吉はまるで真綿(まわた)で包むかのような手つきで、髑髏に被せた。

「仕事はまだ終わってへんで」

　これで宿へ帰れると、ほっとしていた蝶次に、吉は厳しい声音で言った。

　この先はお前が代われ、と吉は蝶次に荷車を引かせる。示された道は、黒文字屋へ向かうどころか、どんどん山の中へ向かって行った。

「こないな夜中に山へ入るんどすか？　明日、明るうなってからにした方がええんと違いますやろか」

「言われたやろ。月の光と夜露で洗う、て……」

　確かにそう聞いた。

「夜露を集めて擦ったぐらいで、泥が落ちるんどすか」

　土に塗れた髑髏が、そんなことで綺麗になるとは思えない。

「その前に、泉の水で洗い落とすんや」

「畑の大根と同じどすな」

　蝶次は気が重くなった。おそらく、吉はその仕事を蝶次にやらせるつもりなのだろう。

　雑木林の間のぽっかりと空いた草地に、泉の湧き出ている岩場があった。丁度、月が顔を出し、光がその泉の水を照らしている。

「なんで半月の夜に、髑髏掘りをするんどす？」

着物の袖を肩までたくし上げて、蝶次は冷たい泉に髑髏を浸ける。

「理由は知らん」

吉は、蝶次がやっとの思いで洗った髑髏を、一つずつ側の平坦な岩の上に並べながら言った。

いつしか六つの髑髏が、じっと蝶次を見つめている。

「自分がやっていることが、なんやおかしいとは思わしまへんのか？」

お理久に命じられるままに髑髏を集めている吉が、蝶次には何よりも不思議だった。

「いったい、あの女は何者どす？　吉さんは知ってはるんどすか？」

「どうでもええことや」

矢継ぎ早に尋ねる蝶次に、吉は吐き捨てるように答えた。

「俺は夢尽無屋に秘密を預けた。預け賃を払うために、言われた仕事はなんでもこなしてる。ただそれだけや。お前のようにあれこれ尋ねる気はないし、知りたいとも思わへん」

「誰ぞ慕うてはったおなごは、いてはらしまへんのか。別におなごでのうても、親、兄弟、もしくは、家族のようなお人は……？」

駒屋の職人たちは、互いに家族同然で仲が良い。それは厳しいが心の広い棟梁の人望によるものだ。もし吉が喜十郎であったなら、久造とは兄弟弟子だ。喜十郎の方がやや年齢は上に見える。おそらく久造にとっては兄弟子に当たるだろう。

「俺の記憶のすべては夢尽無屋の蔵の中や。せやさかい、一生お理久さんの許で働かなならん。そのことに不満はあらへん。今の暮らしに満足しとる」

「せやけど、あんさんが戻るのを待ってはるお人が、いてはるかも知れまへんえ。会いたいとは思わしまへんのか？」

「たとえおったとしても、俺と関わらん方がええて考えたさかい、今の暮らしを選んだんや。それだけは、はっきり分かる」

微かな月明りに照らされて、吉の顔は幽鬼のように見えた。

（この男は、生きながら死ぬことを選んだんや）

そう思った時、どこかで梟がほうっと鳴いた。

「余計な話をする間があるんやったら、そこの榊の枝を取って来い」

吉は急に怒ったように蝶次に命じた。

改めて辺りを見ると、周囲の木々が、すべて榊であることに気がついた。榊、またはヒサカキとも呼ばれる椿に似た木だ。神事には必ずこの木が使われる。榊にぐるりと取り囲まれるようにして、その泉はあったのだ。

(まるで神域やないか)

そう思って眺めると、水が流れ出ている岩場が小さな祠のようにも見えなくもない。

「榊の枝に夜露が溜まっとる。その露を髑髏に降り掛けるんや」

蝶次は枝を数本折り取って来ると、言われたように髑髏の上でそれを左右に振った。

飛び散った露が月の光を受けて、まるで白珠のようだ。髑髏は露を浴びて、微かな光を放っている。

「後は月の光の下に置いておけばええ。ほな、任せるさかいな」

吉の言葉に、蝶次は慌てた。

「任せる、て、どういうことどす?」

「夜が明けるまで髑髏をここに晒しておくんや。お前はそれを見張っててたらええ。朝になったら荷車に積んで、夢尽無屋に届けるんや」

「ちょっと、待っておくれやす」

蝶次は狼狽えながら、吉に懇願した。

「夜更けにわて一人、こないな山ん中で髑髏の番どすか。あんまりにも殺生どす」

何が出るか分からない。狼もいるかも知れないし、それとは別の、正体の分からぬモノに襲われるかも知れない。

「山やいうても、それほど深うはない。里はすぐそこや。見張ってへんと、奪いに来るもんもいてるさかい、放っておく訳にもいかへんのや」

「それやったら、余計にわて一人では……」

吉は、縋ろうと伸ばした蝶次の手を軽く振り払う。

「俺は朝が早い。お前が手伝うてくれて助かっとる。後は任せた。気張ってや」

「ほんまに勘弁しとくれやす。吉さん……」

呼び止める蝶次に応える風もなく、吉の姿はたちまち深い夜の中に溶けるように消えて行った。

空には上弦の月が白い光を放っている。耳を澄ませば、梟の声が近くからも、また遠くからも聞こえていた。風が温かいのさえ、なんとなく不気味だ。この夜の中に、たった一人取り残されて、蝶次は仕方なく傍らの石に腰を下ろした。

後ろには、ずらりと六つの髑髏が並んでいる。今にもそれらがしゃべり出しそうで、振り返ることもできない。

(わてとしたことが……)

これまで、怖いもの知らずで通して来た。良からぬ連中から売られた喧嘩は喜んで買ったし、たとえ相手が、どこぞの藩の中間でも怯んだことはなかった。

その蝶次が、今、確かに恐怖を感じている。それもこれも……。

(あのお理久のせいや)

腹を立てれば少し気が紛れるかと思ったが、何やら林の向こうがザワザワと騒めいている気がする。夜風に枝葉が揺れているのだ、と思ったが、吉の残した言葉がどうにも胸に刺さって離れない。

吉は、髑髏を奪いに来る者がいる、と言った。

(いったい、何もんがこないなもんを欲しがるんやろ)

思い切って振り返った。六つの髑髏がじっと蝶次を見ている。一瞬、ぞくりとしたが、すぐにわざと大きな声を出した。

「ただの骨やないか」

そうだ、これはただの骨だ。

（鍋や釜となんら変わりがない、ただの物や）

髑髏は確かに器に似ている。昔、戦があった頃は、敵の髑髏を盃に酒を飲んだ武将がいたというではないか。

（せや、これはただの壺なんや）

月明かりを受けて、髑髏の表面が艶を放ち始めている。その形が揺らぎ、時折、夢尽無屋の蔵にある、あの磁器の壺に見えて来た。

ふいに背後の空気が大きく揺れた。再び林に目をやった蝶次の前に、何やら黒い塊があった。

塊というほどの実体もない。むしろ、影のようなものだ。影は形が定まらず大きくなったかと思うとたちまち縮む。手足もない。かと思えば、突然、細長い影が両側から突き出る。恐怖も忘れて、蝶次は思わずその影に見入ってしまった。

夜よりも黒い。闇よりもさらに深い。気がつくと、その影は蜘蛛のように幾本もの手足をゆらゆらさせながら、蝶次の方へ一直線に向かって来る。

「うわっあーーーーっ」

声が蝶次の口を突いて出た。影は蝶次の頭上から覆いかぶさって来る……。

思わず頭を抱え込もうとした瞬間、視界の端で何やら白い物が揺れるのが見えた。

ほわりと鼻先を香が掠める。どこかで嗅いだ匂いだと思った時、聞き覚えのある声が周囲の空気を震わせた。

「去れ、迷いの者ども。ここにはそなたらに与える物などないっ」

驚いて顔を上げた蝶次の前に、一人の公家が立っている。白い狩衣の背を透かして、大きく膨れ上がる影が揺れているのが見えた。

半透明ではっきりしないが、その公家が左蔵の若君なのはすぐに分かった。

若君は扇を持つ右の手を頭上に上げた。扇は開かれ、片袖が翻る。

――髑髏をよこせ――

幾人もの声が重なって響く。声は低く、地面の底からじわじわと這い上がって来る。

「髑髏は夢尽無屋のものだ。諦めて黄泉路へ去れっ」

かざした扇は月光を浴びて、銀箔を押したようだった。それが一気に振り下ろされると、扇は刃のごとく影を切り裂いた。影には縦横に亀裂が入り、無数に千切れ、ひらひらと辺り一面に舞い散って消えた。

周囲のざわめきが、急に大きく聞こえ始めた。泉から湧く水の音、梟の声、風に枝葉がそよぐ音……。この時になってやっと、蝶次は影がいた間、一切の物音が途絶えていたことに気がついた。

「今のは、いったい、何なんや……」

呟いてから、蝶次は改めて目の前に立つ若君を見た。

(怪しいのは、この男かて同じや)

ただ一つ違うのは、どうやら若君は、蝶次を助けてくれたらしいということだ。

「半月の夜は、あの世とこの世の扉が開く」

蝶次の思惑など解する様子もなく、若君は天を仰いで飄々とした口ぶりで言った。

「満月を過ぎれば月は欠けていく。欠けたからというて、無うなる訳ではない。見えなくてもそこに月はあり、この世ではなくあの世を照らす光となる」

「そないなこと、わては考えたこともおまへん」

月は欠けてもやがて元の姿に戻る。欠けては戻るの繰り返しだ。規則正しく続くので、人は月で暦を作った。

「月がどこを照らすかなんぞ……」

と言ってから、改めて蝶次は若君を見上げた。

「さっきのあの影のようなもんは、もしやあの世からやって来た亡者どすか。せやったら、幽霊……」

再びぞっとして、蝶次は両腕で己の肩を抱き締めた。今更ながら震えが止まらない。

「あれは迷い者じゃ」

閉じた扇の先で自分の肩先を叩きながら、若君は答えた。先ほどは透けていた身体が、今ははっきりと見える。

「死して後もこの世に未練を残し、隙あらばこの世に戻りたいと願う、哀れな魂じゃ。形を持たぬ者の集まりゆえ、あのような形の定まらぬ姿となる」

「身体も無うなっているのに、どないして戻るつもりなんどす？」

蝶次は首を捻る。

「その髑髏よ」

若君は扇の先を、ずらりと並んだ髑髏に向ける。

「髑髏は人が生きた証しじゃ。髑髏には、生きていた頃の人の業が染みついておる。泉の水で洗われ、上弦下弦の月光と、榊の夜露で清められた髑髏は、業から解き放たれて無垢となる。つまり空っぽの器なのだ。ゆえに魂の入れ物にもなる」

「まさに、壺、どすな」

蝶次の言葉に、若君はにこりと笑って頷いた。

「見えるだけあって、そなたは呑み込みが早いな」

蝶次は一瞬、呆気に取られる。

「吉さんにも、見えてはるんと違いますか？」

「あの男には何も見えてはおらぬ」

若君はかぶりを振った。

「吉という男は、ただお理久に言われたことを鵜呑みにしておるだけじゃ」

「せやったら、わてに言うてた、あの忠告は？」

吉は髑髏を見張れと蝶次に言った。見張っていないと奪いに来るもんがおる、と。

「そう言われて、番をしておっただけじゃ。迷い者が現れても、見えぬゆえ怖れることはない。私が守っていたことも、知らぬままじゃ」

若君は不満を露わにする。

「私が追い払ってやっているのに、礼の一つも言わぬ。大抵、その辺りの岩の上に寝転んで、朝まで大いびきじゃ」

「ほな、あの迷いもんを見たのは、わてだけどすか？」

うむ、と、若君は蝶次の顔を覗き込んで来た。

「そなたには、私の姿も右蔵の婆の姿も見ゆるようじゃ。お理久にとっては、願ってもない下僕であろう。当分、解放しては貰えまい」

切れ長の目がほうと笑う。若君は扇を広げて顔を隠すと、すっとその姿を消してしまった。

全身から一気に力が抜けて行く。蝶次は泉の側の岩の上に、よろめくように座り込んだ。泉に目をやると、水底からポコリポコリと泡が生まれている。石で円形に囲まれた一か所が欠けていて、水がそこから流れ出していた。流れ出た水は再び地の底へと吸い込まれる。泉の水はそうして、この周辺の地のみを潤しているようだ。

泉には半月が映っていた。時折、揺れているのは、湧き水か風のせいだろう。そんなことを思っていた時、水の中の半月の隠れた部分が僅かに揺れた気がした。

蝶次は泉を覗き込んだ。湧き水で揺れたかと思った月の影が、確かに動いている。影は羽ばたくように、さらに半分になったかと思うと再び広がった。まるで蝶のようだった。黒い蝶は大きく羽を動かすと、次の瞬間、水中から飛び出した。

驚いている蝶次の眼前で、黒蝶は数回羽ばたきを繰り返したかと思うと、いきなり蝶次の胸元にぶつかって来る。

まるで胸倉を殴られたような衝撃に、蝶次の身体は背後に大きく倒れていた。後頭部を打ち、「痛いっ」と叫んだ時、蝶次ははっと我に返った。

周囲が白々と明るくなっている。夜が明けようとしていた。蝶次は自分が地面の上に仰向けに倒れているのを知って愕然となった。

倒れた所に石でもあったのか、頭の後ろに鈍い痛みが残っている。ゆっくりと半身を起こして、辺りを見回した。木の間を通して見る東の空がわずかに白い。

蝶次は慌てて立ち上がった。奇怪なことに、あれほど水を湛えていた泉に、一滴も水が無い。側の平らな岩の上には、薄青い壺が六つ並び、昇り始めた日の光を受けて、艶やかな煌めきを放っていた。

「夢か、わてが見たもんはすべて……」

それから、すぐに「せや」と着物の胸元を開いた。

(確か、黒い蝶がここに……)

泉から現れた黒蝶が、飛び込んだ筈だ。

「なんや、これは？」

唖然として蝶次は呟いた。

蝶次の胸の丁度真ん中辺りに、羽を開いた黒蝶が張り付いている。蝶次は指でそれを剥がそうとしたが、蝶は肌にぴたりとくっついて、爪の先にも引っ掛からない。

まるで、そこに蝶の形の焼き印を押されたか、刺青でも彫られたようだ。

「いったい、どないなっとるんや。ほんまに気色悪い……」

仕方なく、蝶次は着物を直すと、荷車に壺を積み込んだ。

すべては夢尽無屋に関わったことが始まりだった。

(お理久には、この刻印がなんなのか分かる筈や)

だが、いったいどうやって聞き出したら良いのか、あのムジナの女は一筋縄ではいかないのだ。

聞き出す方法を頭の中で巡らせながら、蝶次は荷車を引き始めた。

早朝、壺を持ち帰って来た蝶次を玄関先で出迎えたお理久は、荷車を左蔵の前に止めるように言った。

「後はうちがやりますよって、あんさんは休んでおくれやす」

意外にも優しげな言葉をかけながら、ちらりと蝶次の身体に目を走らせる。

「あんさん……」

お理久は眉の辺りを曇らせた。

「迷いもんに取り憑かれはったようどすな」

「迷いもん？」

問い返そうとしてハッとした。昨夜、蝶次を襲って来た影の化け物を、左蔵の若君が「迷い者」と呼んでいたことを思い出したのだ。

「あれは、やっぱり、ほんまのことやったんや。夢やなかったんや」

思わず声を上げた蝶次は、お理久に一歩詰め寄った。

「聞きたいことがおます」

お理久は怪訝そうな顔で、蝶次を無言で見上げている。

「せやけど、その前に、飯を食わせて貰えまへんやろか」

つい本音が出た。何をするにしても、まずは腹ごしらえだ。

「厨へお行きやす。せやけど、おかしなお人どすなあ。怖ろしい思いをしはった後に、言うた言葉が『飯を食わせろ』どすか？」

そう言って、お理久は小さく笑った。

「あきまへんか」

蝶次はお理久の目をじっと見返して言った。

「生憎、わては生き人どすねん。迷いもんとか言う化けもんや、ここの蔵を守ってはる御方と違うて、飯はしっかり食いますねん」

「ほな、たんとお上がりやす」

お理久は平然と答えると、くるりと蝶次に背を向けたのだった。

厨では襷姿のお稲が、竈の前で汁物の鍋を掻きまわしていた。蝶次をちらりと見て、お稲は「おはようさんどす」と言う。

（この女も、何もんか分からへん）

台所の座敷に座り込んで、蝶次は土間にいるお稲を見ながらそんなことを思った。

（お理久がムジナなら、このおなごは、狸かあるいは狐か……）

その時だ。廊下側の障子がカラリと開いた。

現れたのは一人の女だ。年の頃は十九か二十歳ぐらい。赤い地色に藤の花と、裾に御所車の意匠の華やかな小袖を纏っている。長い黒髪が肩から腰の辺りまで流れ落ちていた。

蝶次は呆気に取られて、女を見つめた。卵型の抜けるように白い顔。黒目勝ちの目、通った鼻筋、桜の花びらを思わせる唇……。

「あんさんは、誰どす？」

やっとの思いで声をかけた蝶次の目が、ふと、女の額の辺りに吸い付いた。前髪を額の上にまとめて結っている。そこに挿してある櫛に気がついたのだ。黒い漆に螺鈿の蝶の蒔絵……。

「わての櫛や」

声を上げると、女はふふっと鼻先で笑い、すとんと蝶次の前に座り込んだ。

「どうじゃ。この櫛、わしに似合うであろう？」

「お前、もしや、右蔵の……」

婆様、と言おうとした言葉を、蝶次は急いで呑みこんでいた。

「これは、この櫛の本来の持ち主の姿じゃ。なかなかに美しゅうてな。わしは気に入っておる」

(櫛の本来の持ち主。そう言えば……)

多門寺で少祐が見たという女の幽霊は、赤い着物に黒漆に蝶々の模様の櫛を挿した……。

蝶次は言葉を失って、ただ美女に変わった婆様を見つめているだけだ。

「お前さん、実の母親の姿も知らぬのか。面白い男じゃのう」

右蔵の婆様は、蝶次に見せつけるようにくるりと身体を回転させると、わざとらしくしとやかな歩みで廊下へと出て行った。

「待て」と、蝶次は後を追う。

「婆、今の言葉、どういう意味やっ」

だが、もはやどこにも女の姿はない。

「お待ちどうさん。朝餉が出来ましたえ。たんとお上がりやす」

背後でお稲の声がした。慌てて振り返った蝶次は、焦りを覚えながら勢い込んで尋ねた。

「今、ここに若いおなごがいてたやろ。あんた、姿を見たか?」

「何を言うてはります」

お稲は呆れたように笑った。

「誰もいてしまへんえ。さっきから、あんさんが一人で何やらぶつぶつ言うてはっただけどす。なんや、まだ目が覚めてはらへんのかいな」

お稲は蝶次の前に膳を置くと、「ほんまに、おかしなお人どすなあ」と、独り言のように呟きながら厨へと戻って行った。

膳に目を落とすと、焼いた油揚げが目に入った。サッと炙って醤油を落としただけだ。他には、青菜を炊いた物や沢あんに梅干し、味噌汁の椀もあったが、油揚げに「狐」が連想されて、すぐには箸が付けられなかった。

（いくらなんでも、そないな阿呆な……）

己を叱りつけると飯を掻きこんだ。美味かったので、今は余計なことは考えまいと思った。

「夢尽無屋の食事はどうどした？」

蝶次が奥座敷に入ると、お理久は真っ先に尋ねて来た。

「へえ、美味しゅうおした。ごっそさんどす」

腹が膨れると、どうも肝が据わるようだ。なんとしてでもこの女の正体を見抜いてやろうと、蝶次はその場に座り、まっすぐにお理久の顔を見つめた。

「お稲さんは料理上手やさかい、黒文字屋からこちらに来て貰うたんどす。お口に合うたようで何よりや」

何よりや、と言いながら、それを別段喜んでいる風はない。今にして思えば、お理久という女は、あまり感情を表に見せない性質のようだ。

その点、左蔵の若君や、右蔵の婆様の方が妙に人間臭い。

「お稲さんや吉さんには、わての櫛を持って行った婆様や、公家の若君の姿は見えてはらへんようどすな」

珍しくお理久は蝶次に茶を淹れてくれる。

「見えるもん、見えてへんもん、人それぞれや。うちには見えるし、あんさんも見えてはるようや。ただ、それだけのこと……」

ずずっとお理久は茶を啜る。

「見えようが見えまいが、そないなことはどうでもええ。あんたはいったい何もんや。髑髏を壺に変えて、人の秘密を集めて回る、あんたは……」

お理久はゆっくりと湯飲みを戻すと、鋭い眼差しを蝶次に向けた。

「ほな、あんさんは何もんどす？　人に何者やて尋ねられるほど、あんさんは、己が何もんか知ってはるんどすか」

蝶次はうっと言葉に詰まる。

自分が「何者か」などと、考えたこともなかった。いや、今までの蝶次ならば迷わずこう答えただろう。

父親は呉服問屋「須磨屋」源次郎。母親は、元は祇園の芸妓で、今は料理屋「早瀬」の女将をしている、お里という女で……。

お里は蝶次が幼い頃に、彼を父親の許へ引き渡した。蝶次は義母を実の母親と思い成長したが、ある日、自分とは血の繋がりがないことを知った。

蝶次は、お里こそが実の母親だと信じていた。ところが、右蔵の婆は、つい今しがた、とんでもない言葉を蝶次に向かって言ったのだ。

――お前さん、実の母親の姿も知らぬのか。面白い男じゃのう――

（わての実の母親やて？）

お理久に「何者なのか」問われて、蝶次は初めて自分の足元が、いかに脆く頼りないものなのかに気がついたのだ。

（ほな、わてを産んだのは、あの女やないて言うのんか？）

口に出せなかったのは、言えばそれが現実になりそうだったからだ。

お里のことは好いてはいない。自分を金と引き換えに、実父の家に渡した女だ。それもこれも、いずれ息子が大店の後継になれば、そのお零れに与れると踏んだからだ。

ずっとそう考えて来た。いや、考えようとしていたのかも知れない。

お里から、優しい言葉一つもかけて貰ったことはなかった。勘当され、行き場がなくなり、訪ねて来た息子に、言ったのは、「阿呆」の一言だった。

（どういうこっちゃ）

蝶次は頭はひどく混乱していた。

「うちは、ただの金貸しどす。お金のいるもんには都合してやり、重い秘密に苦しんでいるもんからは、それを取り除いてやる。つまり、人助けどすわ」

「法外な預かり賃を取っているやないか？　預かり賃を渡さへんかったら、秘密を他人に売るて脅して……。それのどこが人助けなんや？」

もっと強く非難したかったが、なぜか口調が弱くなっている己に、蝶次は不甲斐なさを感じていた。

「秘密を欲しがってるんは、人やおまへん。かつて人であったもん、つまり、迷いもんどす。うちは、人に売るとは一言も言うてしまへん」

「迷いもんて、あの影の化け物か……」

形も定かではない、得体(えたい)の知れない黒い塊のような影……。

死して後もこの世に未練を残し、隙あれば今生(こんじょう)に戻りたいと願う、哀れな魂だと、若君は言った。

その時、胸の辺りが焼け付くように痛んだ。蝶次は思わず呻(うめ)いて胸元を押さえた。あの黒い蝶が刺青のごとく張り付いているのが、着物の上からも感じられる。

「あんた、迷いもんに取り憑かれた、て、わてに言うてたな」

「へえ」と頷いてみせるお理久は、相変わらず平然とした態度だ。

「あの泉で、わての胸に影の欠片(かけら)が飛び込んだんや。それが胸にくっついて離れへん。これが迷いもんやったら、わてはどないなるんや？」

「あんさんに憑いたんやったら、あんさんと何かの縁があるんどすやろ。迷いもんは、この世に執着(しゅうちゃく)した魂や。解き放ってやれば、大人(おとな)しゅうあの世に行かはります」

あまりにもあっさりとした答えに、蝶次には返す言葉がない。

「そない簡単に言われても……」

蝶次は困惑する。

「せやから、いったい、どないしたらええんや」

「何かあんさんに叶えて貰いたいことがおますのやろ」

お理久にとっては、あくまで他人事なのだ。

「その願いを聞いてあげはったら、よろしいのや」

「願い、て……。いったい、わてに何ができるて言わはるんどす?」

「さあ、それは、うちに聞かれても……」

お理久は何やら芝居がかった仕草で首を傾げた。

「それは、あんさん自身が考えることどす。夢尽無屋は、人の苦悩と苦痛の種になる秘密を、預かるのが仕事どす。預かり賃が貰えへんのやったら、秘密を欲しがっている迷いもんに売るだけや」

「秘密を得た迷いもんは、どないなるんや。所詮、死人やないか。魂だけがこの世に留まって、人の秘密を覗き見して何が楽しいんや」

吐き捨てるように蝶次は言った。

「幸せな思い出は、秘密にはならしまへん。秘密ていうのんは、あんまりええもんやあらへんのどす」

　むしろ、良くない念に凝り固まっている、と、お理久は言った。

「せやけど、それも人が人である証しや。迷いもんは、その『人である証し』を欲しがるんどす」

「確か髑髏も『人が人である証し』やと、若君も言うてはった」

（いや、確か、泰祐和尚も、人の証しがどうのこうのと……）

　その時、ふっとお理久が笑った気がした。

「迷いもんは、今一度、人の世に蘇りたいんどす。それほど、何か大事なもんをこの世に残して来たんどすやろな。あの泉の水で業を洗い落とした人の骨と、秘密という悪念(あくねん)と、その二つがあれば、もう一度、生きていた頃の己に戻れるて、思うてはるんかも……」

「ほんまに、そないなことができるんどすやろか」

　蝶次は首を捻る。

　それは、死人が再びこの世に現れるということなのだろうか。

　お理久は無言で蝶次を見つめていたが、やがて静かな口ぶりでこう言った。

「悪念も、見方を変えれば悪いもんやのうなる。秘密語を悪念から、良念(りょうねん)に変えることができるのも、人である証しや。証しを積み重ねたら、迷いもんも、この世に戻れるんかも知れん。そういうことどすやろ」

(そんな阿呆なことが……)

ある筈はない、と言いたかったが口にはできなかった。はっきり言えるほど確かなものが自分にはない、と蝶次は思った。何しろ、自分自身が何者か分からないのだ。

右蔵の婆様が見せた、実の母親だという女の姿が、蝶次を余計に混乱させていた。

(親父も違うかも知れん)

「須磨屋の長男」という立場を捨ててしまえば、もはや蝶次は何者でもなくなってしまう。

(いや、すでにそないなもんはなかったんや)

蝶次は胸の内で自嘲した。すでに須磨屋を追われた身でありながら、未だにそれに縋りついていた己が、あまりにも愚かに思えた。

「次の仕事どすけど」

蝶次が思い悩んでいることなど知ってか知らずか、その時、お理久がきっぱりとした声で言った。

「唐津屋の寮へ行って貰います」

「千寿さんの所へ……」

突然、唐津屋の名前を出され、蝶次はたちまち「今」に引き戻されていた。そんな蝶次の前に、お理久は何やら折り畳んだ紙を差し出した。

「お津矢さんと交わした証文どす。あの寮の庭を、受け取りに行っておくれやす」

「あの庭を、取り上げるっちゅうことどすか」

驚いている蝶次に、怪訝そうな目を向けてお理久は言った。

「約束通り、庭は夢尽無屋がいただきます」

「せやけど、壺が壊れたさかい、証文の価値が無うなったって、あの時……」

「お津矢さんの壺は、元通りになりましたやろ」

蝶次は、一瞬言葉に詰まる。

言われてみれば確かにそうだ。それでもなお、蝶次は食い下がろうとした。

「庭は家があってこそ意味あるんや。金で解決してあげはったらどないどす？」

千寿本人は、寮そのものに未練はなかった。ただ庭が夢尽無屋に引き渡される理由を、怖れているのだ。

庭だけを手放せば、その理由を知られてしまう。お津矢が人には言えぬ秘密を抱えていたこと。そのため、苦しみ続けていたことを……。

偶然、蝶次はその秘密を知ってしまった。不慮の出来事であったとはいえ、お津矢は夫を殺してしまった。千寿と将来を誓い合った男は、お津矢の血を分けた息子で、千寿が産んだ赤子はすでにこの世にはいなかった。そんな母親の残酷で悲しい秘密は、決して表に出すべきではない。

蝶次は千寿の記憶を封じた。佐吉にもその事実を知られてはならないのだ。

「あんまりやおへんか？　人の弱みに付け込むやなんて……。寮の庭を取り上げられたら、千寿さんは、佐吉はんにどないな言い訳をしたらええんどす？」

借金の形に、寮の土地が奪われる……？

（まさか、秘密の預かり賃などとは言える筈はあらへん）

蝶次の中で、徐々に怒りが湧いて来る。嵐の中の千寿の様子が思い出された。

（いったい、どこまで千寿さんを苦しめる気や、このおなごは……）

秘密を作ったのは、お津矢であって、お理久ではない。それはよく分かっていたが、もう少し、人の情というものがあってもよくはないか……。

「お津矢さんの秘密語の預かり賃、金に換えると幾らになるて思うてはるんどす？」

そう言ったお理久の口ぶりには、人らしい情のゆらぎは微塵も見えない。

蝶次は一瞬、返事に窮し、それからこう思った。

（せや、この女は、閻魔の使い女やった）

蝶次は皮肉を込めてお理久に言った。

「幸兵衛て隠居の話を聞きました。そのお人の秘密語の預かり賃は、古い七福神の掛け軸やったそうどすな」

幸兵衛の秘密がどんなものなのかは知らない。幸兵衛もまた、お津矢のようにその秘密に苦しめられていた。

「五百坪の庭と、掛け軸……。幾らなんでも、預かり賃に差があり過ぎるんと違いますか？」

いったい、どういう基準から来る値なのか、それがどうにも分からない。

「秘密語の預かり賃は、その秘密に関わりのあるもんをいただいています」

お理久は蝶次の顔を上目遣いに見た。

「あんさんもすでに知ってはりますやろ。お津矢さんの秘密は、あの寮の庭に隠されてはりました」

あっと蝶次は声を上げた。

夫の佐平治が亡くなったのも、死産だった千寿の子が埋められていたのも、唐津屋の寮の庭だった。

「せやったら、幸兵衛の秘密も、七福神の掛け軸に……」

「物に語(かたり)は付きものどすよって」

お理久は淡々(たんたん)とした口ぶりで言った。

「せやけど、あんさんが、このまま夢尽無屋で働いてくれはるんやったら、唐津屋の寮の庭と引き換えにしてもよろしおすえ。千寿さんの預かり賃は、髑髏集めと、庭の受け取りで終えるつもりやったんどすけどなあ」

その瞬間、唖然として蝶次は声を失った。

(やられた)と咄嗟に思った。

(わては、これで夢尽無屋から離れられんようになる……)

「これから、あんさんは夢尽無屋の手代(てだい)どす。しっかりお気張りやす」

お理久はどこか勝ち誇ったように言った。

其の二

質蔵の手代……。それだけを聞けば、何やら立派になったような気がする。だが、夢尽無屋で働いても、給金はすべて秘密の預かり賃に消えて行く。いったい、いつまで働けば良いのか尋ねてみても、お理久は「あんさんの働き次第どす」としか言わなかった。

お理久は、気が済むまで蝶次を使い続けるつもりなのかも知れない。

（それでも、ええ）

少なくとも、これで千寿を悩ますものは何もなくなる。あれほど辛い思いをしたのだ。これでやっと千寿も心置きなく、あの寮から離れられるし、駒屋も庭に手を入れられる。

今まで、自分が誰かの役に立ったと思ったことは一度もなかった。それを考えれば、少しばかり気分も軽い。

何よりも、己が何者なのか知る手がかりが、この夢尽無屋にはある。それは、右蔵の婆様が持っている、あの蝶の櫛だった。

翌朝早く、蝶次はお稲に起こされた。寝所として与えられたのは、屋敷の一番奥まったところにある納戸部屋だ。背後には山裾の林があり、昼間でも薄暗い。閉め切っていた雨戸を開けると、目の前は竹藪だった。

「寝るだけやさかい、ここでもかましまへんやろ」

昨晩、お稲はそう言って蝶次を納戸へ案内した。廊下に出ると、庭の先に二つの蔵の裏側が見えた。右蔵には、裏に窓がついている。たまには開けて風を通すのだろう。

お稲は蝶次に薪割りを頼んで来た。

「それが手代の仕事どすか？」

不平を言う蝶次に、「力仕事は男はんの役目どす」と、お稲は当然だとばかりに答えた。

薪割りの後は、風呂の水汲みを命じられた。井戸と風呂場を何度も往復する。庭掃きも頼まれた。

商家の手代というよりは、もはや下男の扱いだ。

尤も、庭掃除はさほど苦にはならなかった。駒屋で修業をしていた時、最初に

やらされたのが掃除だったので、さすがに慣れている。掃除にかこつけて、蔵の様子を
ことに二つの蔵の周囲は念入りに掃き清めた。

窺っていたのだ。

右蔵には、質草と、秘密語の預かり賃として集めた品々が納められている。左蔵はすでに知っているが、右蔵にはまだ入ったことはない。

「蔵の中は、どないなっとるんやろ」

蝶次は厨でお稲を手伝いながら、何気ないふりをして尋ねた。

「さあ、知りまへんなあ」

お稲はザクザクと米を研ぎながら言った。

「気味が悪いて思わしまへんのか。夢尽無屋は尋常やあらへんさかい」

「わては、毎日ここで働かせて貰うて、それで満足してます。お理久さんのおかげで、わても娘もまっとうに暮らしていけますさかい」

「娘」と聞いて、蝶次は驚いた。まだこの夢尽無屋に誰かいるのだろうか？

「娘は黒文字屋にいてます。お咲ていうて……」

「ああ、あの娘か」

壺を見て、されこうべだと見抜いた女中だ。

「夢尽無屋で働くようになった経緯、聞かせて貰えへんやろか」

遠慮気味に蝶次はお稲に尋ねた。

その瞬間、お稲の顔から表情が消えた。何やら呆けたような顔していたが、やがて、わずかに首を傾げながらこう言った。

「さあて、なんやったやろか。よう覚えてしまへんなあ」

それからにこりと蝶次に笑いかける。

「いずれにしても、今はええ暮らしをさせて貰うてますよって、昔のことはええんと違いますやろか」

過去なんぞ、今さらどうでも良い、と言わんばかりの態度だ。

お稲は研ぎ終わった米を笊に入れると、よいしょと掛け声をかけて立ち上がった。手伝おうと手を伸ばした蝶次に、軽くかぶりを振って、お稲は厨の勝手口へ姿を消した。

(よほど言いたくないんやな)

それは何かお稲にとって、よほど辛い出来事だったのだろう。そう思った時、吉の顔が突然頭に浮かんだ。

(言いたくないんやない。忘れてはんのや)

お稲もまた、吉のように秘密語を夢尽無屋に預けているに違いない。

三日が過ぎた。お理久は朝餉を済ませると出かけて行く。黒文字駕籠（かご）が、毎朝、門前まで迎えに来た。

「毎日、ああやって洛中（らくちゅう）へ行かはんのか？」

お稲に尋ねると、「壺を持ってはらへん時は、黒文字屋までどす」と言った。

さらに、夢尽無屋に客の来るのは、月に四、五回ぐらいだと教えてくれた。

その日の午後のことだ。一仕事終えた蝶次は、屋敷の表にある二つの蔵の前に立った。左の蔵も右の蔵も、錠前が掛かっている。蔵神（くらがみ）を呼べば開けてくれるやろか、ふとそんなことを思った。

蔵を守るというからには、「蔵神」なのだろう。あの二人を「神」と呼んで良いのかどうかは分からなかったが、少なくとも「閻魔の使い女」よりは、蝶次の望みを聞いてくれそうだった。

「中に入りたいのか？」

いきなり、背後で若い女の声がした。すぐに右蔵の婆様だと気がついた。

「右蔵の中が見てみたいのか？」

赤い着物の袖がふわりと目の前に広がった。艶やかな黒髪が肩先から流れ落ちている。三日月のような眉も、通った鼻筋と小さな唇も、今にも引き込まれそうなその双眸も、それらが実の母親のものだと言われても、到底、信じられる筈はなかった。

だが、右蔵の婆が、蝶次を惑わせる理由がどこにあるのか……。

「見たいのは、左蔵の方や」

蝶次はわざと突き放すように言った。

「なぜじゃ？　左蔵はもう見たであろうに」

「壺に興味があるんや。どうせ右蔵にあるのはガラクタやろ」

「ガラクタだと……」

一瞬、女は目を剝いた。あまりにも目が大きくなり、さすがにその顔は人には見えない。

「愚か者め。物にはそれぞれ語があるのじゃ。そんなことも知らぬとは……」

やれやれ、と婆様はかぶりを振った。

「それは曰く因縁付き、てことか。その頭の櫛のように……」

視線を婆の頭に向ける。前髪に挿した櫛が、黒く艶やかな光を放っていた。

「知りたいか?」

婆はきらりとその目を輝かせた。

「教えてくれるんか?」

蝶次が関心があることを示すと、「よかろ」と婆様は機嫌の良い笑みを浮かべた。

その愛らしい笑顔が、蝶次の胸を突いた。

(本当に、これがわての母親の姿なんやろか)

すでに婆は右蔵の前で、蝶次に来るように手招きをしている。蝶次が一歩前に踏み出した時だ。周囲の景色が一瞬にして消えていた。

真っ暗だった。鼻先を様々な匂いが行き来していた。匂いは一つではなかった。どこかで嗅いだことがある、何やら懐かしさを感じる匂いだ。

それは夏の夕立に打たれた、土の匂いのようでもあり、厨から漂って来る米を炊く匂いのように甘くもあった。

春先に庭で香っていた沈丁花、子供の頃、近所の子供等と走り回っていた河土手の若草の匂い。叱られて閉じ込められた布団部屋の、湿って重い綿の匂い……。

あらゆる匂いが蝶次の頭の中で渦を巻き、様々な記憶が目の前をくるくると回っている。

思わず眩暈を感じて、蝶次は目を閉じた。

やがて、ゆっくりと目を開いた時、薄暗い蔵の中がようやく蝶次の目に入って来た。

窓の戸板が開いている。つっかえ棒が戸板を支えていた。

お理久が風を通すために開けておいたようだ。

中には様々な大きさの箱や長持ちが置かれていた。塗りの剝げた唐櫃もある。

壁際の棚には、巻かれた掛け軸が小さな山のように積まれていた。山は幾つもあった。

桐箱の中は、茶碗などの道具類だろうか。小さな引き出しが幾つもついた茶簞笥もあった。中を覗くと、簪や櫛などの飾り物が入っている。さらに小箱もあって、何かが真綿に包まれて入っていた。

「幼子の、最初に抜けた歯じゃ」

傍らで婆の声が言った。

確かに噂で聞いていた。

――夢尽無屋では、どんなガラクタでも質草になる――

「こんな物で金を貸すのか?」

蝶次はすっかり呆れてしまった。

「これでは、金は返って来いひん。この蔵に捨てて行くようなもんや」

「この歯には子供が無事に育ったことに感謝する、親の想いが籠っとる。ゆえに、お理久は金を貸した」

「『想い』が質草になるんか?」

蝶次は驚いた。そんな話は聞いたこともない。

「たとえば、そこの掛け軸じゃ」

と婆は棚の山の一つを指差した。

「それ、そこの」と、婆に言われるままに、蝶次は一幅の掛け軸を手に取った。見れば、随分と古い掛け軸だ。広げてみると、表装があちこち染みだらけだった。

だが、そこに描かれていた絵に、蝶次は息を呑んだ。

「七福神……。これは、もしや幸兵衛の……」

「呉服屋の隠居を、長い間苦しめていた掛け軸じゃ」

と、婆はさらりとした口ぶりで答えた。

「どういうことや。教えてくれ、婆様」

蝶次は勢い込んで問いかける。

「ほうか、それほどに知りたいか」

婆は得意げに身体を反らした。

「余計なことを、言うて貰うては困る」

突然、白い物がひらりと眼前に閃いた。見ると、左蔵の若君がいる。

「その掛け軸の謂れは、そのまま幸兵衛の秘密語じゃ。婆様が明かせば、幸兵衛の壺が割れる。割れれば厄介なことになるのは、そなたもすでに承知の筈」

手にした扇の先を、ピタリと蝶次の顔に向けて、若君は言った。

「右蔵はわしの領分じゃ。勝手に入って来るでない」

婆は不機嫌そうな顔をする。

「先にこの者を私の蔵に入れたのは、婆様であろうに」

若君はそう言うと、横目でちらと蝶次を見た。

「また壺を割れば、そなたは一生、夢尽無屋からは出られぬぞ」

七福神は気になるが、お理久の下で働き続けるのは嫌だ。

そう思った時だ。若君が閉じた扇の先で婆の頭を撫でた。続いて扇の先は蝶次の眼前でパッと開く。扇の上には蝶次の櫛が載っていた。

「ああ、こやつ、わしの櫛を……」

婆が怒りの声を上げた。その姿がみるみるうちに年老いて、元の白髪の老婆に変わる。

「櫛は元々この男の物じゃ。諦めよ、婆様」

若君は蝶次に向かってにっこりと微笑んだ。

「蝶次さん、蝶次さん」

誰かに呼ばれて我に返った。

「そないなところで、何をしてはるんどす?」

訝しそうに眉を寄せて、お稲が蝶次を見ている。気がつくと、蝶次は蔵の後ろに立っていた。

(まるで、夢でも見ていたような……)

それにしても、右蔵の中で嗅いだ匂いは今でも鼻先で漂っている。ふと、自分が何かを握っているのを知った。右手を開くと、あの櫛がある。

黒漆に螺鈿の蝶の蒔絵……。ふと、胸が疼くように痛んだ。あの黒い蝶が張り付いた所だ。

「お客はんどすえ」

お稲が言った。

「わてにどすか？」

蝶次は櫛を懐に収めてから、お稲を振り返った。

「へえ、若い娘さんどす。駒屋のお冴さんとか……」

「嬢はんが、こないな所に？」

蝶次は驚いた。

「黒文字屋で、夢尽無屋への道を尋ねはったんやそうどす」

「どこや、今、どこにいてはるんや」

勢い込んで尋ねる蝶次に、お稲は呆れ顔でこう言った。

「客間で待ってはります。お連れの方は、お理久さんと……」

お稲の言葉を最後まで聞いてはいなかった。蝶次は急いで客間に向かった。

夢尽無屋は、庭に沿って座敷が幾つか並んでいる。客間は玄関口から一番近く、金を借りに来る客を通す部屋だった。

もっとも、蝶次はまだそんな客を見てはいない。

蝶次は庭から客間に向かった。草履を脱ぎ捨て、縁に上がると、這うようにして客間の障子を開いた。

「嬢はん」

突然、顔を出した蝶次に驚いたのか、お冴は手にしていた湯飲みを取り落としそうになった。

「蝶次、さん……」

「どないしたんや。わてになんぞ用か？」

お冴の顔を見るなり、蝶次の胸の内に妙な安心感が込み上げて来た。

(せや、ここはまるで化け物屋敷なんや)

尋常ではない化け物屋敷で、久しぶりにまともな人間に会えた。

「会いとうおした」

思わずその手を取りそうになる。

「つい先日会うたばかりやのに、おかしな蝶次さんやな」

お冴は訝しそうに蝶次を見た。

考えてみれば、お里に言われて駒屋を訪ねてから、十日ほどしか経ってはいない。それなのに、すでに何年も時が過ぎたような気がする。それほどに、夢尽無屋に関わってからの日々は目まぐるしかった。いや、元を正せば、高瀬川でお理久に出会ったのが始まりだった。

雨の中を、壺を抱えて歩く女。その女は、「むじな」と呼ばれ、「閻魔の使い女」とも言われていた。それだけでも蝶次の関心を引くには充分だった。

「せやったな。今日はどないしはったんどす?」

蝶次は座り直した。落ち着いて周りを見れば、客間にいるのはお冴一人だ。主人のお理久の姿もなければ、お冴の「お連れの方」もいない。

「誰かと一緒やて聞いたんやが……」

改めて問うと、「せや」とお冴は頷いた。

「多門寺の和尚さんが連れて来てくれはったんや」

「泰祐はんが?」

蝶次は驚いた。お冴と泰祐に面識はない筈だ。

「お父はんの使いで、蝶次さんに会おう思うて、『早瀬』を訪ねたんや」

お冴はそこで、お里から蝶次の住まいを聞かされた。

「多門寺に行ったら、蝶次さんは化野におるて……」

庭を掃いていた小坊主が、「蝶次はんは、ムジナに会いに化野へ行ったきり帰って来いひん。きっと化かされてはるんや」と言った。

お冴が面食らっていると、泰祐が現れ、急な用事かと尋ねた。

――駒屋が頼んだ仕事の件で、伝えたいことがおます――

お冴は、蝶次に会いに行くつもりだと答えた。

「わざわざ嬢はんでのうても……」

使いなら、駒屋の若い衆の誰かを寄越せば良いのだ。若い娘に使いを頼むのに、化野は遠すぎる。

「お父はんが、庭木の植え替えの折に腰を痛めてしもうて……」

久造が棟梁に代わって差配を振っているので、人手が足りないのだという。

「女一人では何かと危ない言うて、和尚さんが同行してくれはったんや」

ところが、肝心のその泰祐がいない。

「ここへ来て、お理久さんて人に会うた途端、和尚さんの様子が変わらはって」

お冴は不審げな顔を蝶次に向ける。

「和尚はんと、お理久さん、何やら顔見知りのようなんや」

「なんやて」

蝶次は思わず息を呑んでいた。

ただでさえ、お理久は怪しい。人か魔か分からないところがある。そんな女と知り合いだとなると、泰祐もただ者ではなくなる。

「和尚はん、お理久さんを見て、えろう驚いてはった」

お冴も何か尋常でないものを感じたらしい。

反対にお理久の態度は平然としていて、「お久しぶりどすなあ」と言っただけだった。

――話がある――

表にお理久を連れ出したのは、泰祐の方であった。

「和尚はん、なんや落ち着かない様子で出て行かはったんや。ここまで一緒に来る間、仏さんの話をいろいろ聞かせてくれて、ちっとも退屈せえへんかった。せやのに、まるで別人みたいになってしもうて」

(いったい、何があったんやろう)

しかし、蝶次は、泰祐がかつて武家であったということしか知らないのだ。

「それよりも、蝶次さん」

お冴は急に真剣な顔になると、考えこんでいた蝶次の顔を覗き込んで来た。

「ここへ来る前に、黒文字屋て旅籠(はたご)で道を聞いたんやけど……」

「ああ、むじな宿やな」

やはり夢尽無屋を訪れる者は、まず黒文字屋で道を尋ねるようだ。

「うち、喜十郎さんを見たんや」

蝶次はグッと言葉につまる。「どこで」と聞くまでもなかった。

「その人、『吉さん』て呼ばれてた」

荷車を引いている姿を見かけたのだと言う。

「すっかり様子が違うてはったけど、うちには喜十郎さんのように思えるんや」

お冴には確信があるようだ。

「嬢はんは、喜十郎を知ってはるんどすか？」

「喜十郎さんには、小さい頃、よう遊んで貰うた」

お冴は懐かしそうに、その視線を蝶次の背後へ泳がせる。

「どないに忙しゅうしてても、喜十郎さんは、少しでも暇(ひま)があると、うちの相手をしてくれたんや」

庭木や花の名前、世話の仕方も教えてくれた、とお冴は少し涙ぐむ。

「喜十郎さんが行方知れずになったんは、十年前どしたな」

「うちが七つの時やった。その頃のうちには、喜十郎さんがおらんようになった理由が分からへんかった」

唐津屋の千寿との悲恋の話は、かなり後になって知ったのだとお冴は言った。

「うち、蝶次さんに確かめて貰いたいんや」

「吉さんが、喜十郎かどうかを、どすか？」

まさかお冴に頼まれるとは思ってもみなかったので、蝶次はすっかり面食らってしまった。

「お父はんも捜してはるんや。それで、うちに蝶次さんに会いに行け、て」

「どういうことどす？」

駒屋芳太郎は、なぜ今になって、急に喜十郎を捜し出そうとしているのだろう？

色恋絡みで姿を消したのには、相応の理由がある。本人の傷が癒えるまで待つしかない、芳太郎はそう考えて来た筈だ。

「唐津屋の寮の買い手が現れたんどす」

お冴は話し始めた。

「大坂の高麗屋ていう廻船問屋で、駒屋芳継の造った庭やと聞いて、高額で買い取るて言うてはるんどす」

これまでにも売買の話はあったが、千寿はそれを断り続けて来た。お津矢の秘密の預かり賃として、夢尽無屋に庭を取られかけていたからだが、その話が無くなった知らせを受け、千寿もやっと承諾することができたのだ。

駒屋芳太郎は、寮の庭の剪定をしたがっていた。

「ようおしたな、これで棟梁の本懐も遂げられます」

千寿を説得するように頼まれていた蝶次も、面子だけは立ったのだ。

「ところが、その高麗屋さんが、寮の庭を見て不審を持たはったんやそうどす」

十年、放っておかれた庭は、目も当てられないほど荒れ放題だった。それを目の当たりにした高麗屋が、買うことに躊躇いを見せたのだ。

――ほんまにこの庭が、駒屋芳継の造作かどうか信じられしまへん。わては、京の庭師で一番て称えられた芳継の庭が欲しいんや。ほんまもんの証しを見せておくれやす――

「唐津屋の佐吉さんが、お父はんに、泣きついて来はって……」

「信じてへんもんに売ることはあらしまへん。他に買い手はなんぼでもいてます」

庭に手を入れさえすれば、幾らでも取引ができる筈だと蝶次は言った。

「唐津屋さんは、今、かなり店が苦しゅうなってはるそうどす。すでに借金もあるんやとか。高麗屋さんが買うてくれはったら助かるんやそうどす」

先代の頃の得意先が困ってはる……。だが、芳太郎の胸の内にあるのはそれだけではなかったようだ。

――あの庭は、確かに佐平治さんに頼まれて、親父の芳継が造作したもんや。それを疑われたんでは庭師の、いいや、「駒屋」の名が廃る――

芳太郎は「必ず芳継の庭に戻す」と、庭の改修を引き受けたと言う。

「生憎、お父はんは腰を痛めていて、思うように動けしまへん。久造は一番弟子やけど、芳継の庭にはあまり関わってへんのどす。お父はん以外に、あの庭をよう知ってはるんは、芳継からじかに手ほどきを受けてた、喜十郎さんしかいてしまへんのや」

だからこそ、喜十郎には安心して寮の庭の手入れを任せられたのだ。

「昔はともかく、今は町方のお役目も担っている蝶次や。なんとしてでも、蝶次に喜十郎を捜させるんや。そない、お父はんに言われて……」

そうして、お冴はとうとう夢尽無屋まで来てしまった。

「うちには、吉さんは喜十郎さんやて思えるんや」

そう言って、お冴は目を伏せた。

「後を追いかけて、声をかけてみたんやけど……」

吉は訝しそうにお冴を見るだけで、何も覚えていないようだった。

「うちが『駒屋のお冴や』て言うても、なんも分からんみたいやった。なあ、蝶次さん。喜十郎さんにいったい何があったんやろ。調べてみてくれへんやろか」

真剣に見つめて来るお冴に、蝶次はどう言葉をかけたら良いか分からなかった。

――過去の自分をすべて捨てた……――

吉は蝶次にそう言った。

（喜十郎は、辛い記憶と共に、幸せの記憶まで夢尽無屋に預けてしもうたんや）

蝶次は着物の袖でお冴の涙を拭ってやった。

（喜十郎はん、あんた、ほんまにそれでええのんか？）

そう尋ねてみたいと思った。いや、それよりも……。

（いっそ、喜十郎の壺を壊した方が早いかも知れん）

──幾ら辛く苦しいからと言うて、忘れてしまうことが幸せとは限らぬ。人はどれほど重い荷物であっても、一旦背負うたら、それを降ろしてはならぬのだ──

泰祐の言葉が、蝶次の脳裏にはっきりと蘇る。

──それができるのも、人が人である証しじゃ──

「嬢はん、わてに任せておくれやす」

蝶次はきっぱりと言い切った。

「嬢はんがそこまで言うなら、吉さんはきっと喜十郎さんなんや。わてがはっきりさせます。ほんまに喜十郎やったら、首に縄をつけてでも、棟梁の前に引っ張って行きますさかい、どうか安心しておくれやす」

蝶次はいかにも自信があるという風に、大きく頷いてみせた。

その時、障子が開いて泰祐が現れた。

蝶次はすぐに、ぺこりと頭を下げて、「嬢はんを連れて来てくれはったそうどすな。ありがとうさんどす」と礼を言った。

「和尚はんは、お理久さんを知ってはるんどすか?」

さらに尋ねると、泰祐はしばらくの間、蝶次の顔を見つめていたが、やがてゆっくりとかぶりを振って答えた。

「わしの思い違いじゃ。昔、出会うた女人に似ていたのでな」

そう言って、泰祐はお冴に顔を向ける。

「蝶次への用は済んだのか」

問われて、お冴は頷いた。

「和尚様のおかげで、蝶次さんに会うことができました。ほんまに助かりました」

「もうじき、日が暮れる。お理久さんが黒文字屋に泊まるよう言うてくれた。暗うならんうちにここを出よう」

泰祐に言われて、お冴は腰を上げる。

「玄関先まで送ります」

立ち上がろうと、蝶次が前に屈んだ時だ。懐から何かがするりと畳に落ちた。右蔵の婆様から取り戻した、あの螺鈿の蝶の櫛だ。

「それは……」

櫛を見た泰祐が声を呑んだ。

「その櫛は、どうしたのだ？」

櫛を拾おうとした蝶次よりも早く、泰祐の手が伸びた。泰祐は黒漆の櫛を手にすると、食い入るように見つめた。

「どうしたて言われても……」

言いかけてから、蝶次は口ごもった。どう言ったら良いのか、分からなかったからだ。

黒漆に螺鈿の蝶の櫛……。本来女が持つ筈の品が、なぜ蝶次の許にあるのか？

（婆様は、この櫛がわての実母のもんや、て言うてた）

それればかりか、櫛の持ち主だという女人の姿まで模してみせたのだ。しかも、その出で立ちはどう考えても、ただの町人のものとは思えない。

どことなく、高貴に見える女……。

（なんで、そないな女がわての母親なんや）

性格が悪くても、お里の方がよほど母親らしい。その上、櫛が自分の物と言えるかどうかもはっきりしなかった。

大人になって、お篠の物ではないのが分かった時、お里に問うてみたことがある。

――それは元々あんさんのもんやったさかい、源次郎はんにあんさんを渡す時、「お守り」や言うて持たせたんや――

　では、お里の物かと言えば、何やら口を濁してしまう。

　今も泰祐に尋ねられ、蝶次は返答に窮している。自分の物だと言い切るには、あまりにも櫛の出処が謎めいていたのだ。

「わしは、これがお前の物かと聞いているのだ」

　痺れを切らしたのか、泰祐は険しい口調でさらに尋ねて来る。

「蔵で……」

　と思わず嘘が口を突いて出た。泰祐の真剣さが妙に怖かった。

（和尚は、この櫛のことを知っている）

　そう思った途端、真実を知るのが恐ろしくなった。

「右蔵にあった品もんどす。あんまり綺麗やったんで、つい手が出て……」

「蔵に？　では、この夢尽無屋の蔵にあった物なのだな」

　強く念を押された蝶次は、もはや「そうだ」と答えるしかなかった。

「日のある内に、出られた方がようおすえ」

　その時、お理久が客間に入って来た。

　泰祐は、蝶次の櫛をお理久の眼前に突き出した。

「この櫛が蔵にあったと聞いた。やはり、そなたはあの時の女人ではないのか。

この櫛は、お蝶の方が持っていた物だ。わしが赤子と共に渡した櫛だ」

まるで時間が止まったような気がした。だが、その間も、蝶次の頭の中は目まぐるしく動く。

(これは、なんや。どういうことや？　お蝶の方……て、誰や、それは……)

頭の中で己の声が叫んでいる。今にもその声が、口から飛び出しそうになった時だ。

微塵も揺るぎのない、さざ波一つ立たない水面のような声で、お理久が言った。

「困りますなあ、勝手に質草を持ち出さはっては……」

お理久はさっと手を出すと、素早く泰祐から櫛を取り上げていた。

「黒漆に蝶の蒔絵。似たもんは幾らでもありますやろ。これは、お客はんからの預かりもんどすよって返して貰います」

「待て、本当のことを教えてくれ。赤子はどうなったのだ？　せめてそれだけでも教えてくれ」

なおも食い下がる泰祐に、子供をあしらうようにお理久は言った。

「せやさかい、人違いどす。だいたい、二十年以上も昔の話をされても、うちには分からしまへん。さあ、そろそろお引き取り下さい。今夜は黒文字屋で休んで、明日はその娘さんを、洛中へ送り届けてあげなはれ」

困惑したように立ち尽くす泰祐の衣(ころも)の袖を、お冴がそっと摑(つか)んだ。

「和尚様、今日のところは帰った方がようおす。一晩寝たら、頭がはっきりしますさかい、その時に改めて考えはった方が……」

「暗(くろ)うなったら足元も危のうおす。さあ、お引き取りを……」

再びお理久に促がされ、泰祐はお冴と共に夢尽無屋を後にしたのだった。

帰り際、お冴は蝶次をちらと見た。

「ほな、蝶次さん、よろしゅう頼みます」

頭を下げられて、蝶次は「ああ、任せとくれやす」と答えはしたが、実際は上(うわ)の空(そら)だ。

二人を門前で見送った後、お理久はくるりと蝶次を振り返った。

お理久は蝶次の手を取ると、櫛を握らせた。

「これは、あんさんのもんや」

茫然(ぼうぜん)としたままの蝶次に、お理久は諭(さと)すように言った。

「あんさんの母親の形見や。うちがあんさんに持たせたもんや」

「どういうことどす？」

やっとの思いで蝶次はその言葉を口にした。

「泰祐和尚の話は、どういうことどす。わてのお母はんて、いったいなんの話どす」

疑問は堰を切ったように、次々と蝶次の口から溢れ出していた。

「今、うちが言うた通りや。この櫛はあんさんの母親の形見。うちがあんさんを、櫛と一緒にお里さんに渡したんや」

「せやったら、さっき和尚の言うてた話は、ほんまなんどすか？」

櫛はお蝶という女人の物で、二十五年前に、赤子だった蝶次と一緒にお理久に渡されていた……。

「教えておくれやす。お蝶て誰どす？　このわては、何もんなんどすか」

蝶次は声音を強めてお理久に問いただす。

「お蝶の方は、あんさんの実の母親や。泰祐の手で殺されたんどす」

驚きのあまり、返す言葉も思いつかない蝶次の前で、お理久はゆっくりと右手の人差し指を唇に当てた。

「これ以上は言えしまへん。何しろ、あるお人の秘密語どすよって……」

ふっと笑ったお理久の顔が、しだいに宵闇に溶けていく。

蝶次の胸が焼け付くように痛んだ。まるで、胸の蝶が何かを訴えているような気がした。

とても眠れそうにない。その夜、何度も寝返りを繰り返した揚げ句、ついに蝶次は納戸部屋を出ていた。

雲が多く月も見えない。暗い庭先に、ぽつりぽつりと石灯篭の明かりが灯っていた。夜風に当たれば頭も冴えて来ると思ったが、雨でも降るのか、湿り気を帯びた風はほんのりと温かい。

「何か悩んでおるのか？」

しゃがれ声にいきなり問いかけられ、蝶次は一瞬、わっと叫びそうになった。声のした方に目をやると、一人だとばかり思っていた縁先に、小さな影がちょこんと座っている。

右蔵の婆様であった。

「なんでそないなところに？　もしや、またわての櫛を狙うて……」

蝶次は、慌てて懐に手を入れて櫛の存在を確かめる。

「櫛は諦めた」

婆様は立ち上がると、すすっと音もなく蝶次の側に寄って来た。婆様の身長は、蝶次の腰の辺りぐらいまでしかない。見下ろすのも疲れるので、蝶次は仕方なく胡坐（あぐら）をかいて座った。

「わてに、なんぞ用どすか?」

尋ねると「眠れぬようじゃの」と婆様は言って、蝶次の顔を覗き込んで来た。目がぐりんと大きくなり、まるで蛙（かえる）を思わせる。

「何を悩んでおるのじゃ」

婆様は興味津々の表情で、さらに尋ねる。

「己が何もんか分からんようになった。今まで信じて来たことが、信じられんようになった。まあ、そんなところどす」

渋々、蝶次は答えていた。

母親と思っていた女が、どうもそうではなかったらしい。これは、養母を実母と信じて育って来た蝶次には、さほどの驚きではない。

元々、お里には、自分を捨てた女だという思いがある。投げやりに与えられる小遣いに手を出していたのも、それだけが母子を繋ぐ絆（きずな）だという気がしていたからだ。

ただ、それならばそうと、なぜ言ってくれなかったのか？

（わてが金づるになると思うてたんや）

蝶次が須磨屋の身代を継げば、お里にも幾ばくかの金が流れると考えたからだ。

お理久は、赤子の蝶次に櫛を持たせ、お里に渡した、と言った。その辺りの経緯がどうなっていたのか、どうしても気にかかる。

お里は、蝶次を須磨屋源次郎の子として引き渡したのだ。一時期、お里は源次郎の妾だった。生まれた男児を須磨屋に渡す時、手切れ金を貰って別れている。ならば、お里は確かに子を産んでいる筈だ。

（その子はどないなったんやろ）

それとも、最初からいもしない子供の代わりに、蝶次を実子だと偽って源次郎の許へやったのだろうか？

（いくらなんでも、そこまで性悪なおなごやない）

それだけは信じたかった。

（お蝶の方、とか言うたな）

お理久の言葉を信じて良いのかどうかは分からなかったが、それが蝶次の実母の名前らしい。

（泰祐が殺した……、そない言うてた）

蝶次は思いきり頭をぶんぶんと振った。夢ならば良いと思った。仕事柄、謎めいた事件なら幾らでも関心が持てるが、己が事件の中心にいるのは、どうにも居心地が悪い。

（だいたいお理久て女は、いったい幾つなんや）

見かけは三十二か、三歳ぐらい。二十五歳の蝶次が生まれたばかりの頃となれば、わずか七つか八つだ。いくら何でも、泰祐が年端の行かない子供に、赤子を預ける筈もない。

（もしかして、年を取ってへんのやろか）

夢尽無屋ならば、それもあり得る……。

（あの女は、やっぱり人やない）

自分なりの結論に達した、と、蝶次が思った時、「のう」と婆様が蝶次の眼前にその顔をグイと突き出した。

「頼みがある」

間近に見る老婆の顔に、蝶次は一瞬、心の臓が止まりそうになった。

「なんどすか、いきなり……」

「わしも、悩んでおる」

老婆は本当に困っているのか、眉間に深い皺を刻んだ。

「あんさんの悩みに、わてがなんぞ関わりがあるんどすか」

人ではない者に悩みがあるというのが、不思議に思えた。

「品が、煩う騒ぎ立てて敵わぬのじゃ」

「品物が騒ぐんどすか？」

「右蔵の品々は、大抵は静かに眠っておる。ところが、品の一つが、昔の持ち主の気配を察して目覚めたらしゅうて、恋しがって泣き騒ぐのじゃ」

婆様には深刻なのだろうが、蝶次には今一つぴんと来るものがない。

「わてにできることは、あらへんのと違いますか？」

蝶次は首を傾げた。

「その品が、お前を呼んでおるのじゃ。語りたいことがあるらしい。聞いてやってくれ」

「聞くだけでええんどすな。せやけど、左蔵の壺が割れるてことは……」

何よりも、それが気にかかる。

すると、婆様は「案ずるな」というように頷いた。

「壺とは関わりのない品じゃ。割ろうにも、元々壺がない」

「その品物の持ち主は、秘密語を預けてへんのどすか？」

「どれほど重く苦しい記憶であっても、宿命として受け止めて、生涯背負うて行こうとする者がたまにおる。実に愚かな話じゃ」

婆様はほっほっと笑った。

「立派なお人のように、わてには思えます」

蝶次は、以前、泰祐が同じようなことを言っていたのを思い出した。泰祐から詳しい話は何も聞いてはいない。あの時、泰祐はそれが「人が人である証し」だと言ったのだ。

その瞬間、婆様はぎろりと目を剝いた。

「立派な者は、幼子から母親を奪うような真似はせぬものじゃ」

婆様は、珍しく強い口ぶりでそう言った。

其の三

深夜、婆様に導かれて、蝶次は右蔵の中へ入って行った。一歩、足を踏み入れた途端、あちらこちらの灯明が、ぽっぽっと次々に灯っていった。蠟燭は蝶次が前を通る度に、ゆらりゆらりと揺れる。

昼間見た通り、質草が整然と並んでいた。巻かれた掛け軸の山のどれかに、七福神がある筈だった。

「これじゃ」

婆様が棚の間をすり抜けるようにして蝶次を連れて行った先に、一振りの刀があった。刀は壁に立て掛けられている。

「この刀が、語ると言うんどすか？」

いくらなんでも、あり得ない。

「刀に口がある訳やなし。いったい、どうやって話を聞け、て……」

尋ねようとしたが、いつしか婆様の姿は消えている。

（肝心な時に……）

思わせぶりな態度で蔵まで連れて来て、知らぬ間にいなくなっている。蝶次はなんだか腹が立った。

（ほんまに悩んでたんやろか）

左蔵の若君といい、人ではないもののすることは全く分からへん、そう思った時だった。

胸に焼け付くような痛みが走った。手をやると、胸元から黒い物が飛び出して来た。蠟燭の明かりに照らされた蔵の中を、それはひらひらと飛んでいる。

あの迷いもんの蝶だった。

しばらくの間、蝶は蝶次の眼前で舞い飛んでいたが、やがて刀の柄についと止まった。

たちまち、蝶の姿が、一人の女人に変わった。

赤い色の着物……。驚いたことに、婆様が変化した時はそう見えていた着物は、実は深紅の血潮に染められたものだったのだ。

「ほんまに、わてのお母はんか……」

思わず問いかけた。黒髪が乱れかかった顔で、女は優しい笑顔を見せる。

女は無言のまま、刀を指差した。

「わてに、刀を取れと言うてはるんどすな」

蝶次は恐る恐る刀の方へ手を伸ばす……。

それは、指先が刀の柄に触れた瞬間だった。

どしん……、と身体が重くなった。続いて蔵の床がずぼっと抜けた。身体が何かに引っ張られるように、ひたすら下へと落ちて行く……。真っ暗になった周囲を、螺鈿に輝く蝶が無数に飛んでいた。


ガサリと何かの上に落ちたのが分かった。両手で辺りを探ると、カサカサとした感触があった。蝶次はうつ伏せに泳ぐような恰好で、枯葉の塊の中にいた。

なんとか身体を起こす。不思議なことに、相当な高さから落下した筈なのに、身体に痛みもなければ、打ち身の跡もない。

「なんや、これは……」

枯葉を掻き分けるようにして、身体を起こした。

急いで辺りを見回した。木々の葉が、黄や赤に色づいている。枝葉の間から見える空は、まるで青い宝玉のように輝いていた。

考えていてもどうしようもない。仕方なく蝶次は歩き始めた。どうやらここは山の中腹らしい。蝶次は枯葉に足を取られながら、道を探した。

しばらくすると、丁度、眼下が見渡せる場所に出た。足元は切り立った崖になっていて、そこからは、山間を縫うように続く街道がよく見えた。

幾重にも折れたその道を、峠の方へと向かう駕籠の一行があった。

遠目でも駕籠は豪華なものに見えた。数人の侍と女中らしい女たちが付き従っている。

「まるで、お姫さんでも乗っているようやな」

蝶次が呟いた時、傍らで、聞きなれたしゃがれ声がした。

「お蝶の方の乗る駕籠じゃ」

いつの間にか、右蔵の婆が蝶次の傍らにいる。

「お蝶の方……。わての母親やていう……」

蝶次が思わず息を呑んだ、その時だ。

一行に異変が起きた。

行列が乱れ、刃の噛み合う音が、山林に木霊している。崖の上からは、まるで雛人形が乱闘しているようにしか見えないが、女たちの上げる悲鳴や鳴り響く刃の音は、紛れもない現実に思えた。

「なんや、何が起こったんや」

蝶次が婆様に顔を向けようとした時だ。

「己の目で確かめよ」と言ったかと思うと、婆様はいきなり蝶次の腰の辺りを、背後から強く押したのだ。

再び蝶次の身体は落ちて行った。しかも、今度は周囲の景色が視界に入って来る。しかし、落ちる恐怖よりも、しだいに近づいて来るその光景の方が、遥かに怖ろしかった。

一人の侍が、次々に人を斬っていた。よほど腕が立つのだろう。誰もその侍に太刀打ちできないでいる。

血しぶきが上がり、乾いた道を瞬く間に黒く染める……。

突然、赤ん坊の泣き声が響いた。

蝶次の足が地に着いた時、傍らには倒れた駕籠があった。見ると、駕籠の中から女が這い出そうとしている。女はその腕に、生まれて間もない赤子を抱いていた。

一行にいた男も女もすべて斬り捨てた侍は、血刀を引っ提げて女の方へと近づいて行く。自らも全身に血を浴びた侍は、悲愴な声でこう言った。

——藩のため、お命をいただかねばなりませぬ。許されよ——

「あきまへん、なんちゅうことを……」

蝶次は侍に飛びついた。

ところが、驚いたことに、その手が摑んだのは、ただの空気だ。

振り返った蝶次は、もう一度、侍を止めようとした。しかし、どうしても相手の身体に触れることができない。

蝶次は侍の顔を見て啞然とした。それは泰祐和尚の顔に似ていた。

(和尚や、間違いあらへん。若い頃の和尚の顔や)

泰祐は蝶次の母親を殺した……。お理久はそう言った。

(せやったら、このおなごが、お蝶の方……)

そう言えば、黒い蝶が変化(へんげ)した女に似ている。

赤子がさらに激しい声で泣き出した。不安を感じているのだろう。その思いが蝶次の胸を太鼓のように打ち鳴らしている。

「やめておくれやすっ」

蝶次は叫んだ。当然、それは泰祐の耳に届く筈もない。

——重蔵(じゅうぞう)殿、どうか、この子の命だけは、助けて下さい——

　お蝶の方が涙ながらに懇願した。

――この子は、何者でもございませぬ。殿様の子でもなければ、私が産んだ子でもない。そう思うて、ただ生かしてやって下さりませ――

　次の瞬間、重蔵は刀を振り下ろしていた。蝶次は思わず両手で顔を覆った。赤子の泣き声がさらに激しく耳を打つ。

　やがて、声が止(や)んだ。（もしや）と、蝶次はハッとして顔を上げた。

　どのような理由かは分からなかったが、重蔵は役目によってこの母子を斬らねばならないらしい。

　赤子の泣き声が消えたことで、蝶次は重蔵がその役目に従ったと思ったのだ。

　だが、子の命をも奪うよう命じられていた重蔵は、泣き止んだ赤子を抱いて途方(とほう)に暮れていた。どうやら、子供は泣き疲れたのだろう。

　日も落ちかかり、木の間を通して差し込む夕日が、重なる幾つもの死体をさらに赤く染めている。その時だった。

――どないしはりました？――

　どこからか女が現れて、重蔵に声をかけたのだ。まるで黄昏(たそがれ)の中からでも湧き出て来たかのようだった。

人通りのない山道に、女が一人だけで通りかかるのもおかしな話だ。何よりも、女は周囲の状況を見ても顔色一つ変えていない。さらに蝶次を驚かせたのは、その顔が夢尽無屋のお理久のものであったことだ。

——何やら騒がしい上に、赤子の声まで聞こえたので、何事かと思いましてなあ。声を辿って来てみましたんや——

お理久はすぐに赤子に視線を向けた。

——これは、まあ、可愛らしい。お武家様の御子どすか——

——いえ、そうではないが、ゆえあって……——

重蔵は、どう伝えるべきかすっかり困り果てている。一目見れば、ただ事ではないのが分かる筈だが、お理久はまるで何も見えてはいないかのように振る舞っている。それに、暗殺の現場に出くわせば、己の命も無いと思うのが通常なのに、いっこうに怖れている風もない。

——お武家様の御子ではないんやったら、うちが預かってもようおすえ——

——預かる、と？——

重蔵は、呆気に取られている。

——見れば、まだ生まれて間もない乳飲み子や。母親も乳母もいてへんのやったら、乳がいりますやろ。それとも――

と、お理久はは重蔵を見つめた。

――この子は、生きていてはあかん身の上なんどすか――

女に問われて、重蔵は強い口調でこう答えた。

――この子は生きねばならぬ。それが母親の望みだ――

重蔵は赤子をお理久に差し出した。

――この子の名前はなんどすか。親は……――

重蔵はお蝶の方の髪から、蒔絵の櫛を抜き取った。

――この子は何者でもない。親もおらぬ。そのように育てて欲しいと、この櫛の持ち主が願(ねご)うておる――

――へえ、承知しました――

お理久は重蔵の言葉に、全く驚く様子を見せないばかりか、平然とこんなことを言った。

――この子の、預かり賃をいただきます――

ああ、金か、と重蔵は懐から巾着(きんちゃく)を取り出し、そのままお理久に渡そうとした。ところが、お理久は金を受け取ろうとしない。

——預かり賃は、お武家様の、その腰の物で……——

お理久は重蔵の刀を求めたのだ。

気がつくと、蝶次は蔵の隅に立っていた。しかも、蝶次は両手で重蔵の刀を持っている。いいや、泰祐の刀だ。

目の前には、お蝶の方がいた。目に涙を溜めて蝶次を見ている。

「何があったんや」

と、蝶次はお蝶に尋ねた。

「なんで、殺されなあかんかったんや」

「お前の母親は、ある国の領主の側室だったのじゃ」

代わりに婆様の声が答えた。姿は見えない。声は蔵全体から響いて来る。

「御正室が江戸屋敷で女児を産んだ。その後にお前は生まれた。側室が男児を産んだのじゃ。正室の父親であった国家老は、お前が将来、世継ぎになるのを懸念した」

「そないなことで、泰祐は人の命を奪うたんか?」

「重蔵は、国家老から密命を受けておった。命令には逆らえぬ。重蔵の剣の腕は国随一。ゆえに警護役として一行についておった。お蝶の方は商家の娘でのう。宿下がりをして子を産んだ。赤子を連れて城へ戻る途中の災難じゃった」

「重蔵が泰祐になったんは？　仏門に入れば罪が消えるとでも思うたんやろうか」

蝶次の胸の奥から、泰祐に対する怒りが徐々に湧き上がって来る。

「人殺しのくせに、偉そうに説教しよって……」

「あの男は、お理久の申し出を断った」

婆様は淡々とした口ぶりでそう言った。

「申し出、て、なんや？」

「お理久は、重蔵の心の苦痛を取り払おうとした」

それは、重蔵の記憶を秘密語にして壺に納めることだった。

「重蔵はそれを断った。罪は一生、重荷として背負い続ける。それが理不尽な死を与えられた者等への供養になるなら、と……」

――人はどれほど重い荷物であっても、一旦背負うたら、それを降ろしてはならぬ――

「それが、人が人である証し……」

泰祐の言葉を思い出して、蝶次はぽつりと言った。

「せやけど、あんたはそれでええんどすか？」

蝶次は思わず、母親の幻影に尋ねていた。迷いもんとなってまで、この世に執着したのだ。きっと、悔しい筈だ、辛かった筈だ、何よりも、悲しかった筈なのだ。

「会いたかった……」

その時、初めてお蝶の方は口を開いた。

「そなたが、無事に育った姿を、どうしても見たかった」

涙を流しながら、お蝶は静かに言った。

「その願いがやっと叶うた。もう、この世に、思い残すことはない……」

嬉しげに笑ったその顔が、美しく優しい。

「お、母、はん」

蝶次は思わず駆け寄った。今しも母に触れようとした時、パッとその身体が周囲に弾け、辺りが突然、キラキラと輝き出した。

無数の蝶が舞っている。蔵の中を埋め尽くすほどに……。鱗粉が、まるで金色の粉を振ったようだ。

茫然とその様子を見つめる蝶次の眼前で、蝶は黒い影に変わり、すうっとその姿を消して行った。

「今のは、いったい……」

問いかけた蝶次に婆様は答えた。

「あの迷いもんの未練が、どうやら消えたようじゃ」

「消えたら、どないなるんや」

「人の言う『あの世』とやらへ、これで迷わずに行けるじゃろ」

老婆は刀の側に近寄った。

「おお、どうやら、思いの丈を語り終えて、静かになったようじゃ」

婆様は、まるで生き物にでも触れるように、優しい手つきで刀を撫でる。

「物には、それを使う者の念が移る。斎木重蔵という男の、己の為した罪への悔恨の念が、この刀に残っておった。そなたに語ったことで満足したようじゃ。これでこの刀も、ゆっくりと眠れるじゃろうて」

「そら、刀は満足したんかも知れんけど……」

煮え切らない思いが、蝶次の胸に広がって行く。

「迷いもんも、消えたのかも知れんけど……」

蝶次の胸には、もはやあの蝶の影は無くなっている。

「わては、どないしたらええんや」

なんだか、叫び出したくなった。

「なんや、領主の側室て……。ほな、わてはどこかの国の、若様なんか？　わての父親は須磨屋源次郎やないて言うんか？　お里は実の母やて言うた」

ますます訳が分からなくなる。それよりも、なんで、お里はわてを須磨屋にやったんや。なんで、お里は実の母やて言うた」

ますます訳が分からなくなる。蝶次の目から、涙が零れて止まらない。

「わては、誰や。いったい、何もんなんや……」

言ってから、ハッとした。

刀が語ったのが真実で、蝶次が確かにお蝶の方の子であるならば……。

――この子は何者でもございませぬ――

父もいなければ、母もいない。それが、お蝶の方の死に際の願いだ。

今まで、己が何者か分からなかった。お篠は実母でなく、実母と思っていたお里も違っていた。本当の二親は、殿様とその側室……。しかも、刀の話が真実であるなら、すでに蝶次は葬られ、この世に存在しないことになっている。

確かに、蝶次は何者でもなかった。

そんな阿呆な話があるか、と腹が立った。

(刀の言葉なんぞ、信じてもええんやろか)

そう思った。

それに何よりも分からないのは、二十五年前、重蔵が赤子の蝶次を預けた女だ。

(あれは、確かにお理久だった)

泰祐もそう思ったようだ。しかし、幾らなんでも、二十五年も前から年齢が変わらない者などいる筈がない。もし、いるとすれば、それは人ではない。

お理久は櫛が蝶次の物だと知っていた。泰祐の刀もこの夢尽無屋にある。今さら、お理久が「ただの人」であるとは、もはや蝶次も考えてはいない。

知りたいのは、蝶次がお理久の手からお里に渡された経緯だ。

お里が産んだのは、須磨屋源次郎の子である筈だった。だからこそ、蝶次は幼い頃に、須磨屋に引き取られたのではなかったのか？

「お前の母親に会わせてやったというのに、まだ不満でもあるのか」

婆様は不思議そうに蝶次を見つめながら、さらにこう言った。

「人とは、知れば知るほど、悩みが深うなるものらしいのう」

婆様の他人事のような言葉を聞きながら、確かにそうだと蝶次は思った。

「知らなければ良かったんや」

蝶次は吐き捨てるように言った。あのまま、お里が産みの母だと信じていれば良かった。金のために自分を須磨屋に渡した女だ。それでも、お里の許でそのまま成長していれば、もう少しましな生き方もできたのではないか、とも思う。

蝶次が「早瀬」に顔を出す度に、聞かされるのは小言ばかりだった。そのくせ、お里は蝶次のために、小遣いを必ず用意していた。上辺(うわべ)だけ取り繕(つくろ)うように優しかった養母のお篠とは全く違う。お里とは口喧嘩もしたが、それもまた、心のどこかでは楽しんでいた。

蝶次にとっては、母とは、自分を捨てたと思い込んでいたお里であったのだ。

（お母はんに何があったんやろ）

そう思った。なぜ、お里は蝶次を我が子のように育てながら、須磨屋に渡したのか……。

知る方法はある。

左蔵の壺だ。

其の四

翌朝、狭い納戸部屋で目覚めた蝶次は、未だ夢の中にいるような気がして、少しばかり面食らっていた。起き出して、井戸端へ行った。ふと思いついて、着物をはだけてみると、あの刺青のように張り付いていた蝶は、やはり綺麗に消えていた。

「おはようさん」

お稲が勝手口から出て来て、蝶次に声をかけた。「おはようさんどす」と言ってから胸の内で笑った。ここが元々、夢と現実の間(はざま)のような場所だったのを思い出したからだ。

朝餉を済ませ、庭掃除をしようと竹箒(たけぼうき)を手にしていると、裏木戸の前に荷車が止まるのが見えた。吉が薪と米を届けに来たのだ。

「いつも、ご苦労さんどす」

蝶次は荷下ろしを手伝うために、吉に近づいた。すでに二、三度、こうやって顔を合わせているので、蝶次が夢尽無屋で働いていることは吉も知っている。詳しい事情は話してはいないが、理由を尋ねないのは、さほど関心がないからだろう。

「今日は客が来てはる」

薪の束を蝶次に渡しながら、吉は言った。

「誰ぞ案内して来はったんどすか？」

「京の山城屋の主人だと言うてはった。今、お理久さんに会うてはる。金でも都合して貰いたいんやろ」

（山城屋……）

聞き覚えがある。思わず考え込んでいたら、薪や米俵を降ろした吉が、すでに帰ろうとしている。

「後は任せるさかい、頼むわ」

小さな山になった薪と、米俵を蝶次一人で小屋まで運べというのだ。

「わて一人で運ぶんどすか？」

「こっちも黒文字屋の仕事で忙しいんや」

吉は荷車を引き始めた。

蝶次は急いで吉を引き留めた。

「聞きたいことがあるんどす」

吉は動きを止め、訝しそうに蝶次を見た。

「この前、駒屋の嬢はんが、ここへ来はりましたやろ」

吉は一瞬考え込んだが、すぐに「ああ」と頷いた。

「坊さんと一緒におった娘さんやな」

「あのお人に、見おぼえはあらしまへんか？」

吉は太い眉を寄せて考え込む。

「あの娘が何か言うてはったんか？」

やがて、吉は反対に尋ねて来る。

「俺を知っているとか、そないなことを……」

「へえ、そうどす」

蝶次は声音を強める。

「吉さんが忘れてはるようなんで、寂しい思いをしてはりました」

吉は暗い顔で視線をそらせた。

「俺は、昔のことは、捨てたんや」

「それは聞いてます。せやけど……」

蝶次は縋るような思いで吉に言った。

「吉さんの人生は、辛くて苦しいだけとは違うんやおへんか。ええことかて、ありましたやろ。それらを、すべて忘れてしもうてもええんどすか？　いいや、何よりも、今も吉さんを待ってはるお人かていてますのや。そのお人に、会うてみたいとは、思わしまへんのか」

今さら千寿に会わせて、どうなるものでもない。それは蝶次にもよく分かっていた。赤の他人のままならば、この後、二人が添い遂げる道もあるだろう。しかし、少なくとも喜十郎の方は、千寿が父親違いの妹であることを知っている。秘密語が、秘密でなくなることを、喜十郎は何よりも怖れているのだ。

「駒屋のことも捨てたいんどすか？」

蝶次はさらに問いかけた。

「駒屋の嬢はんは、喜十郎さんを恋しがってはります。何よりも、棟梁が、あんさんの帰りを待ってはりますのや。あんさんの庭師の腕がどうしてもいるんや、て。駒屋芳継の庭を引き継げる、喜十郎の腕がいるんや、そない言うて……」

蝶次は懸命に吉に語りかけた。思わず吉の袖を取ろうとした時、伸ばした蝶次の腕を振り払って、吉は再び荷車の持ち手を握った。

「吉さん、いや、喜十郎はん。考え直しておくれやす」

「俺がいては皆が不幸になる。そない思うて決めたことや。今さら考えを変える気はあらへん。それにお前の言うてる駒屋とか、嬢はんとか、俺は少しも覚えてへんのや」

秘密語は、その片鱗(へんりん)も残さず、すっかり壺に納まっているようだ。

蝶次は肩を落として、ふと足元を見た。積み上げてある薪の山と米俵。思わず二重のため息が漏(も)れる。

その時、ふと、目の前に一人の男が立っているのに気づいた。商人風の男だ。年齢は蝶次よりも、二、三歳若そうだった。

「夢尽無屋のお人どすか」

と、男は元気の無い声で聞いた。

「もしかして、山城屋のご主人はんどすか」

問い返して、すぐに「ああ」と思った。呉服問屋「山城屋」は、あの七福神の幸兵衛の店だった。

「幸兵衛はんの……」

さらに問うと、男の顔がぱっと輝いた。

「お父はんを知ってはるんどすか」

「いえ、噂を聞いただけで」と、嬉しそうに近寄って来た男に、蝶次は片手をひらひらと振る。

「噂言うても、亡うなりはった、てことだけで。なんや商売上手なお人やったて聞いてます」

「そうどす。わての自慢の親父様どした」

男はしんみりとした口調になる。

「挨拶が遅うなりまして。わては、山城屋の嘉助てもんどす」

「蝶次どす。母親が『早瀬』て料理屋をやってます」

すると、嘉助は「あっ」と小さく声を上げて、「せやったら、須磨屋さんところの息子さんと違いますか」と驚いたように言った。

考えてみれば、須磨屋も呉服問屋だ。同業なので知らぬ筈はなかった。

「今は、須磨屋を出てますさかい……」

蝶次は言葉を濁す。自分の評判があまり良くないのは知っている。

「確か、今の御主人は、入り婿の孝之助はんどしたなあ」

知っているならば、不出来な義理の兄の噂も耳にしている筈だ。

「なんで、こないな所にいてはるんどすか？」

嘉助はまるで旧知に会ったように、急に馴れ馴れしい態度になった。

「ここで働いてますのや」

仕方なく蝶次は答える。できれば、さっさとこの場を離れたいところだ。

「ほな、下働きでもしてはるんどすか」

あまりにも不躾な言いようだったので、蝶次は「夢尽無屋の手代どす」と胸を張ってみせる。自分でも虚しい見栄だと思った。

「それやったら……」

突然、嘉助は縋りつくように蝶次に言った。

「お理久さんに、なんとか頼み込んで貰えへんやろか」

嘉助は、蝶次に事情を話し始めた。

「お父はんが、秘密語をお理久さんに預けましてなあ」

その話は泰祐からも聞いている。

「それで、預かり賃や言うて、家にあった七福神の掛け軸を渡したんどす」

幸兵衛は、人柄の穏やかな人物だった。店の者からも客からも好かれた。

「あの七福神は、わてが十歳位の頃、お父はんが古道具屋から買って来たもんなんやそうどす。縁起もんやさかい、大事にせなあかん、て。今から思えば、あの頃から、店の景気もようなった気がします。せやけどある時から、見んようになって。お父はんが隠居してから、蔵の奥に仕舞いこんであったのが出て来ましてなあ。どういう訳か、それから様子がおかしゅうなりましたんや」

幸兵衛は、暗い顔で塞ぎ込むことが多くなった。結局、食べ物も喉を通らなくなり、ついに寝込んでしまった。

「案じていた時に、お理久さんが来はったんどす」

秘密語を壺に納め、幸兵衛は元気を取り戻した。結局、亡くなりはしたが、その死に際は実に幸せそうだった。

「秘密がなんなのか、わては知りまへん。それに、そないなもんが壺に入る筈はあらしまへん。きっと、何かの呪いやろ、て思うて、お理久さんに言われるままに、あの七福神を渡したんどす」

ところが、それから事態が変わった。

「店が上手くいかへんのどす」

嘉助はその顔を辛そうに歪めた。

「客足が急に遠のいて、品物も売れしまへんのや」

このままやったら、店を潰すしかない、と嘉助は苦しげに言った。

「それで、昔、お父はんが言うてたことを思い出したんどす」

――これは運を呼ぶ掛け軸や。これさえあれば、店は繁盛する――

嘉助は今になって、その言葉を思い出した。

「今日はお理久さんに掛け合いに来たんどす。あの七福神を返して貰いたい、金ならば、なんとかしますさかい、て。そない言うたんどすけどなあ」

だが、お理久はどうしても首を縦に振らなかった。

「あない幾らにもならんようなガラクタに、金を払うて言うてんのどす。せやけど、どうしても、あかんて……」

嘉助は肩を落として嘆いた。

「蝶次はん」と嘉助は顔を上げた。

「助けて貰えまへんやろか。あんさんが口添えしてくれはったら、お理久さんも承知してくれるかも知れまへん」

蝶次はしばらく考える素振りをした。お理久を説得する自信は自分にはない。

「そないに困ってはんのやったら、何か質草を渡して、金を借りたらどうどす？」

やや間を置いてから、蝶次は再び口を開いた。

「どないなもんにでも、金を出してくれるて話どすえ」

どんなガラクタでも……。確か、そう聞いている。

「阿呆なことを。こない怪しい質蔵で金なんぞ借りようもんなら、何を取られるか分からしまへん」

嘉助は怖ろしげに辺りに目を配った。

「あんさんも、ようこないな所にいてはりますなあ」

そう言ってから、半ば強引に言葉を続けた。

「ともかく、頼みますわ。わて、孝之助はんとは仲良うしてますのや。『早瀬』かて、これからちょくちょく使わせて貰いますよって」

蝶次に断る暇も与えず、嘉助はそそくさと裏木戸から出て行ってしまった。

（やっぱり、あの七福神には何かあるんや）

蝶次は視線を蔵の方へ向けた。右蔵と左蔵。七福神の掛け軸と、喜十郎とお里、それに幸兵衛の秘密語の壺……。

（割るしか、ないんか？）

幸兵衛の壺を割れば、七福神の謎が分かる。ただし、それで掛け軸が取り戻せるかどうかは分からない。

「あの男は、もはや、運に見放されておる」

かすかな香の匂いがして、傍らに若君の狩衣の袖が、ふわりと揺れた。

「聞いてはったんどすか」

尋ねてすぐに、蝶次は己の愚かさを笑った。蔵神はどこにでも現れる。昼でも夜でも、いつでも、だ。

蝶次は、先ほどの嘉助の頼み事を思い出した。

「あの男が、運命に見放された、てどういうことどす?」

蝶次は若君の言葉が気になった。

「あの七福神の絵には、運気を呼ぶ力がある。だが、あれは山城屋の物でもなければ、幸兵衛の物でもない」

「ほな、いったい誰の……」

と言いかけた時、勝手口の引き戸が開く音がした。出て来たのは、お稲だ。ところが、お稲の様子がなんだかおかしい。腕組みをするように両腕を胸元に当て、周囲に視線を走らせている。

その視線が、裏木戸の前にいた蝶次に向けられた。

お稲は足早に近づいて来ると、蝶次に尋ねた。やはり若君の姿は見えないらしい。

「山城屋さんを見てまへんか。表にはいてはらへんのやけど……」

「つい先ほど、ここから出て行かはりましたえ。なんぞ用でもあったんどすか?」

「へえ、確かめたいことがおましたんやけど……」

お稲は蝶次に問われて、やや躊躇うように答えた。

「お理久さんとの話を耳にしたんどす。なんや、七福神がどうのと……」

「掛け軸どす」

何気なく蝶次は答えた。

「夢尽無屋に渡した七福神の掛け軸を、返して欲しい、て頼みに来はったんどす。先代の幸兵衛さんが大事にしていたもんやとか」

その途端、お稲の顔色が変わった。

「その掛け軸には、なんぞ謂れがあらしまへんか?」

お理久と違って、いつも気さくに笑っているお稲の表情が、なんだか険しくなっている。

「謂れ、と言うてええのんか。なんや、持ってると運気が上がるんやそうどす」

「うちは、これからちょっと黒文字屋へ行ってきますよって。お理久さんにそう伝えておいておくれやす」

蝶次の言葉に、お稲は早口でそう言うと、まるで嘉助の後を追うように、木戸から出て行こうとした。

その時だった。蝶次の隣にいた若君が、すっと動いた。一瞬、小さな旋風が起こり、お稲の身体に纏わりついた。

髷が崩れ、お稲は不自然に胸前で組んでいた両腕を離した。

お稲が抱えていた物が地面に落ちた。細長い物が晒布で巻いてある。蝶次は拾い上げようと咄嗟に手を伸ばした。

再び風が起こり、布端がめくれ上がったかと思うと、そこに包丁が現れた。

「お稲さん、これは？」

蝶次は急いで、包丁を拾い上げた。お稲は真っ青な顔で棒立ちになっている。

蝶次はお稲の手を取ると、引っ張るようにして勝手口まで戻った。厨に入ると、お稲を上がり框に座らせ、包丁を元に戻す。

それから甕から水を汲み、湯飲みに入れてお稲に渡した。

「包丁を手に山城屋を追いかけて、何をしはるつもりやったんどすか？」

お稲の湯飲みを持つ両手が、小刻みに震えている。

お稲はごくりと水を飲んだ。しばらくしてから絞り出すような声でこう言った。

「十二年前の宝暦五年（一七五五年）のことどす。今出川で大きな火事がおましてなあ」

お稲は、深く息を吐いてから話し始めた。

「うちの店は、その今出川通にありました」

お稲の家は、「白河屋」という小間物問屋だった。櫛や簪、化粧道具も扱い、やがて、禁裏にも出入りを許される大店になった。

「白河屋には、代々伝えられて来た七福神の絵がおました。何代か前のご先祖様が信仰の篤いお人で、淡路から移り住む時に、えらいお坊様に描いて貰うたもんなんやそうどす」

余所者である白河屋が、今日まで繁盛できたのは、この七福神のお陰やと言い伝えられて来たのだ、とお稲は言った。

「亭主には仲良うしている幼馴染がいてました。その男は、ある呉服問屋の主人どした。うちへ来ては、よう二人で酒を飲んでいました」

――店が上手く行ってへんのや。このままやったら、潰れるかも知れん――

ある晩、酔いも手伝ってか、男は内輪の愚痴を零した。

――それに比べて、白河屋はよう栄えてはるようや。何かええ手立てでもあるんと違うか――

教えて欲しいとねだられて、お稲の亭主は床の間に飾ってあった七福神の掛け軸を示した。

――毎日、朝晩、水と酒をあの七福神に供えて、「どうか、店を繁盛させて下さい」て手を合わせる。それが、曾祖父からの白河屋のしきたりなんや――

――阿呆やなあ。ただの絵やないか。それも大分古うなっとる――

男は笑って相手をしなかった。

その男が、山城屋の幸兵衛だった。

「火事があったのは、真夜中のことどす」

――火事やあー、早う逃げやぁーっ――

誰かの叫び声で、お稲は飛び起きた。隣で寝ていた亭主を起こし、お咲を連れて逃げようとしたその時だ。

――お前は先に逃げるんや。わしは、七福神を取って来るさかい……――

お稲の亭主はそう言うと、掛け軸のある奥座敷へと向かった。

お稲とお咲が表に出ると、使用人たちも次々に現れた。皆、一様に首を傾げている。

――火元は、どこやろ――

口々に言いながら顔を見合わせている。

「どこにも火が見えず、近隣の家からは誰一人出て来はらしまへん」

お稲は嚙みしめるように言葉を繫ぐ。

「悪戯(いたずら)やないか、そないなことを言うもんまでいてました」

その時だった。突然、白河屋から火の手が上がったのだ。

お稲の亭主はなぜか出てこない。お稲は声の限り呼び続けたが、火はたちまち家を包み込み、次々と隣家の軒を伝って燃え広がったのだ。

「あの火事で、六十軒もの家が燃えてしもうたて、聞いたことがおます」

それは大きな火事であったのだ。

「亭主も家も失(うしの)うて、家の者は皆散り散りになりました。うちはお咲と一緒に親戚の家に身を寄せたんどすけどなあ。生きる気力まで失(うしの)うて……」

以前、家族や、店の者たちと物見遊山に出かけた嵐山で、お稲はお咲を道連れに保津川に身を投げたのだ。

「今から思うと、運が良かったんやて思います。鵜飼い船の船頭が見つけて、助けてくれはりました」

保津川沿いにある旅籠で、お稲は意識を取り戻した。だが、お咲の方は心の臓が止まり、すでに亡くなっていた。

「うちは大変なことをしたと、その時になってやっと気がつきました。亭主の残してくれた大切な娘を、死の淵に追いやったんどすから」

お稲は泣き崩れた。ところが、その声を聞きつけたのか、そこへお理久が現れた。

「たまたま、その旅籠に泊まってはったんやそうどす。お理久さんが、お咲の身体をゆすり、優しゅう声をかけた時……」

お咲は大きく息を吸うと、わっと泣き出したのだ。

「お理久さんが、お咲さんを助けたんどすか」

蝶次の問いかけに、お稲は小さく頷いた。

「そうやと思います。いいえ、きっとそうなんどす。お理久さんは、うちとお咲を黒文字屋へ連れて行き、そこで働けるようにしてくれはったんどす」

どうやら、お理久という女は、本当に人助けをしているようだ。重蔵に初めて出会った時も、心から赤ん坊を助けようとしていたのかも知れない。

お稲は情を見せずに、淡々とした口ぶりで語り続けた。

「七福神の掛け軸が山城屋にあったんやったら、あの火事の晩に幸兵衛は白河屋にいてたことになります。いったい、そこで何があったんか、幸兵衛が亡うなってしもうた今、知ることもできしまへん。火元は結局、白河屋やった。山城屋に七福神があるてことは、きっと幸兵衛が関わってるんや。せやさかい、うちは……」

「息子の嘉助を殺そうとしたんどすな」

蝶次は静かな口ぶりで言った。

「あの男は、何も知らしまへん。聞かれたところで、答えようもあらへん。お稲さんは、今が幸せやて言うてはったやないどすか。せやったら、その幸せを、手放すようなことをしたらあかんのと違いますか？」

ついにお稲は泣き出していた。

しばらくして、ふと顔を上げると、台所の座敷にお理久が立っている。相変わらず表情がない。お理久はじっと蝶次を見つめてから、音もさせずに姿を消した。

(死者を蘇らせる……。まさに、閻魔の使い女やな)

だが、蝶次はもうお理久を怖い女だと思わなくなっていた。

やがて、お稲が涙を拭いて立ち上がった。

「つい昔を思い出して……」

蝶次を見て、わざとらしく笑ってみせる。

「そういうこともありまっしゃろ。それが……」

人が人である証し……。

泰祐の言いそうなことだと笑おうとして、思わず顔が強張るのを感じた。

(あの男は、人殺しなんや)

無情にも、お蝶の方だけではなく、警護の侍や女たちまで斬ったのだ。それなのに、心から憎む気にはなれなかった。

(わての命を助けたんや)

だからこそ、余計、気持ちは複雑に絡んでしまう。

蝶次は考えるのを止めた。いずれ泰祐からじかに話を聞くこともあるだろう。

再び、表に出た時だ。待っていたかのように若君が姿を現した。若君は、蝶次に近づくと、耳元でそっと囁(ささや)いた。

「割れたぞ」

何のことか分からなかった。

「割れた、て。いったい、何が……」

次の瞬間、あっと声を上げた。割れたのは、幸兵衛の壺だ。

七福神の話は、幸兵衛の秘密語に関わっている。秘密が秘密では無くなった。そのため、左蔵にあった壺が割れたのだ。

「案ずるな。これは、そなたのせいではない」

若君はおっとりとした口ぶりで言った。

「せやけど、壺が割れたら……」

幸兵衛がひた隠しにしていた秘密が、息子の嘉助に返って行く。嘉助は、否応(いやおう)なく、父親の犯した罪の記憶を知ることになる。火付けの下手人なのか、さらには、お稲の亭主殺しも加わるのかは、分からなかったが。

「嘉助は、どないなるんどすか。わてが回収に行った方が、ええんと違いますやろか」

「壺が割れて、秘密語が嘉助に返ったとしても、お理久が何も言わねばそれまでだ」

「お理久さんは、そのままにしておくんどすか？　せやけど、白河屋の主人の死に関わったのは幸兵衛どす。嘉助と違います」

蝶次はなんだか理不尽な思いがした。

「嘉助が父親の秘密を知って苦しむならば、今度は嘉助がその秘密語を夢尽無屋に預ければ良いだけだ」

若君は何も難しい話ではない、と言う。

（そういうことか）

嘉助の秘密語の預かり賃は、山城屋の身代そのものかも知れない、と蝶次は思った。

第三章　庭ノ語　にわのかたり

其の一

その日の午後、黒文字屋で騒ぎがあったと吉が知らせに来た。客が突然、気が触れたように暴れ出し、取り押さえるのに難儀をしたらしい。客は山城屋の嘉助であった。

前日の夜、黒文字屋に宿を取った嘉助は、朝早く夢尽無屋を訪れた後、昼前には再び宿に戻って来た。

お咲が宿賃を貰いに部屋へ入った時だ。帰り支度をしている筈の嘉助の様子が何やらおかしい。嘉助は部屋の真ん中に座り込み、茫然と天井を見つめていた。

——お客はん、どうかしはったんどすか？——

お咲が声をかけると、ビクンと驚いたように身体を動かし、いきなり奇声を上げて部屋から走り出た。

そのまま裸足で庭へ降りると、庭木の幹に額を激しくぶつけ始めたのだ。嘉助の額から鮮血が飛び散り、お咲は悲鳴を上げた。

吉が暴れる嘉助を取り押さえ、取り敢えず縄で手足を縛り上げた。

「ひどい仕打ちかも知れまへんが、放っておくと、何をするか分からんもんやさかい……」

吉は疲れと戸惑いをその顔に浮かべて、お理久に言った。

「怪我の手当てはしておきました。もし岩にぶつけていたら、命があらへんかったやろ」

一連の状況を、お理久は無言で聞いていた。吉は一通り話し終えてから、お理久に尋ねた。

「どないしはります？　山城屋に使いをやって、迎えを寄越して貰うた方がええんどすやろか」

一応、手代だからと、蝶次はお理久の傍らに控えるようにして座っていた。

「山城屋のことは、蝶次はんに任せますよって」

お理久はやけにきっぱりとした声で答えると、その顔を驚いている蝶次に向けた。

「秘密語を預かるかどうかは、あんさんの裁量どす。預かるんやったら、左蔵の壺を持ってお行きやす」

「それは、秘密語を預からんでもええ、てことどすやろか」

お理久の真意をはかりかねて、蝶次は問いかけた。

「預からんかて、助ける方法があるんやったら、そないしはったらよろし。せやけど、預かるんやったら、預かり賃は……」

「山城屋の身代すべて、どすな」

すると、お理久はめったに見せない笑みを蝶次に見せる。

「分かってはるようどすな」

褒められても、嬉しくはない。

「嘉助の件を無事に収めたら、わての頼み事を聞いて貰えますやろか」

突然の蝶次の申し出に、お理久は怪しむような顔をする。

「左蔵の壺を、二つばかり貰いたいんどす」

すかさず蝶次は言った。

「嘉助の秘密語一つを壺に納めたら、礼に他の壺を二つよこせ？　それは少々虫が良すぎるんと違いますやろか」

話にならない、とばかり、お理久はかぶりを振った。

「足りんのやったら、わてを一生使うてくれてもかましまへん」

断固とした物言いに、お理久は呆れたような目を蝶次に向ける。

「二つの壺に、己を懸けるだけの価値があるんどすか」

喜十郎とお里の壺……。

一つは、恩義のある駒屋のために、もう一つは母の真実を知るために……。

「わては、その壺を、どうしても割らなあかんのどす」

吉と共に黒文字屋へとやって来た蝶次は、夕暮れの迫る庭を前にして、嘉助と向かい合うようにして座った。

蝶次が訪れた時、嘉助は一番奥の座敷の縁の柱に、縄で縛りつけられて項垂れていた。

蝶次が声をかけると、わずかに顔を上げたが、すでに返事をする力もないようだった。そこで蝶次は、吉に縄を解かせたのだ。

お咲が行灯を灯しに来たが、蝶次はそれを断った。しだいに暮れてゆく庭を眺めながら、蝶次はぽつりと言った。

「こないに暴れて、まるで旋風にでも見舞われたようや。庭が泣いてますえ」

本当に泣いているような気がした。庭からすれば、嘉助の八つ当たりをまともに喰らったようなものだ。

「蝶次はん、わてはどないしたらええんやろ」

すっかり気落ちしたように、嘉助はぼそりと言った。

「いったい、何があったんどすか？」

蝶次は尋ねたが、おおよそ見当はついている。父親の罪の記憶を受け止めかねて、嘉助の頭はすっかり混乱してしまったのだ。

（まるで、この庭そのままや）

庭の惨状は、そのまま嘉助の心の中を表しているようだ。

「言いとうても言えしまへん。あんまりにも怖ろしゅうて……」

父親が人殺しで、しかも火付けの下手人だとは口が裂けても言えないだろう。

「何があったか、知りまへんけどなあ」

と、蝶次は冷静な口ぶりで言った。

「親のしたことを、子が悔やんでも仕方おへん。親は親、子は子なんや」

「せやけど、蝶次はん」

と、嘉助は上目遣いで蝶次を見た。

「それが、家や家族のためにしたことやったら、やっぱりわてにも責任てもんがあるんと違いますやろか。お父はんの罪は、わての罪でもある。しかも、もうどないしても償いようがあらしまへん」

嘉助は父親の犯した罪を、自分がしたかのように感じ取っているのだろう。それが、身内の秘密語を受け取るということなのだ、と改めて思った。

七福神の掛け軸を蔵から出した後に、幸兵衛の様子がおかしくなった。掛け軸が、己の犯した罪の記憶を蘇らせた。それはまさに地獄の苦しみであったろう。

今の嘉助は、お津矢の秘密語が返って来た時の千寿と同じであった。嘉助もまた、狂気の淵の際に立たされていた。

「救われる方法は、あります」

蝶次は壺を嘉助の前に置いた。

「あんさんが抱えてしもうた父親の秘密を、この壺に納めますのや。そうしたら、何もかも忘れて楽になれます」

嘉助は訝しそうに蝶次を見てから、視線を壺に落とした。

「見覚えがあります。確か、あの夢尽無屋の女が持っていた壺や。お父はんの秘密語を預かってる、て言うて、預かり賃に七福神を持って行かはったんや」

嘉助はゆっくりと首を左右に振った。

「あの時は、おかしな女やて思うた。お父はんが元気になったんで、なんや呪いでもかけたんやないか、て……。預かり賃が古ぼけた掛け軸や、て言うさかい、安いもんやて思うたわ」

それから、嘉助は再びまっすぐに蝶次を見た。

「あんさんは、何もんどす？　須磨屋の孝之助はんの義理の兄さんやて思うてましたんやけど、違うんどすか。あのおなごは『閻魔の使い女』やて噂もおます。あんさんも、その閻魔の……」

「『夢尽無屋の蝶次』どす。何もんやて聞かれても、そうとしか言いようがあらしまへん。わては須磨屋とはとうに縁が切れてます。そのこと、あんさんも知ってはるんと違いますか？」

孝之助と親しいのなら、それらしい事を聞いている筈だと思った。放蕩もんの若旦那が、店の金に手を付けて勘当された、とかなんとか……。

もはや須磨屋の跡取りではない。それに、どうやら早瀬のお里とも、母子ではいられないらしい。お蝶の方の望んだ通り、確かに、蝶次は何者でもなかった。

「せやけど、それでほんまにええんどすやろか？」

それは、蝶次の思ってもみなかった言葉であった。

「わては、そない簡単に楽になってもええんやろか」

蝶次は思わず息を呑んでいた。

「楽になりとうはないんどすか？」

嘉助は眉根を寄せてじっと考え込んだ。

「お父はんに、白河屋さんを殺すつもりはなかったんどす。深夜に『火事や』て騒げば、皆は逃げ出しますやろ。火元がどこか、などと考えるのは後のことどす」

幸兵衛は白河屋の裏手で、まずそうやって声を上げた。家の者等はその声に驚いて表へ飛び出した。玄関から出る者もいれば、裏から逃げる者もいる。幸兵衛は開いた戸口から、人のいなくなった家の中へ入り、七福神の掛け軸を奪う手筈だった。

ところが、白河屋の主人は逃げるよりも、掛け軸を取りに来た。幸兵衛は鉢合わせになった主人と、その場で争うことになった。

――あんたの運を、少しぐらい分けてくれたかて、ええやないかっ――

幸兵衛は主人と揉み合いながら、そう懇願した。

――せやから言うて、こない泥棒みたいな真似をしよって……――

怒りのあまり白河屋の主人もつかみかかって来る。

――山城屋の景気がようなったら、返すさかい……――

――阿呆抜かせっ、七福神の運は、先祖から白河屋のもんやっ――

せっかく手に入れた掛け軸を奪われそうになった幸兵衛は、咄嗟に目についた清水焼の花瓶に手を伸ばしてしまった。

花瓶で頭を殴られた主人の身体が、足元に転がっている。ゆすっても主人は起きないばかりか、息も止まっているようだ。幸兵衛は紙の束を主人の上に降り掛けると、火が点いていた行灯を、その上に倒した……。

嘉助は、そこで言葉を切った。顔を俯けると両手で顔を覆った。指の間から嗚咽が漏れて来る。

「なんちゅう怖ろしいことを、お父はんは仕出かしたんやろ」

嘉助の肩が小刻みに震えている。辺りはすでに夜の闇の中だった。嘉助に戻って来た幸兵衛の秘密語は、庭の奥へと吸い込まれて行くようだ。

（人の業が庭に棲みつく）

蝶次は庭を見つめてそう思った。

――人の業てもんは、ほうっておくと、庭に溜まってしまうんや――

庭師が庭を整えるのは、魔を払うのと同じこと。そう言った芳太郎の言葉を、蝶次は改めて噛みしめていた。

今、嘉助によって語られた秘密語を、黒文字屋の庭が静かに受け止めている。

「嘉助さんに罪はあらしまへん」

蝶次は静かな口調で、諭すように言った。

「せやけど、白河屋さんには申し訳のうて……。家族はどないしてはるんやろ。いいや、それよりも、あの時の火事で家財を失うた、近隣の人々はどないなったんやろ。もしかしたら、他にも火に巻かれて亡うなった人もいたかも知れん。それだけの罪を犯しながら、お父はんは、最後に『幸せや』て言うて死んだんや。こない罪深いことはあらしまへん」

嘉助は顔を歪めてかぶりを振った。

「幸兵衛さんも、死の間際まで苦しみ続けたんやて思います。最後だけは忘れることができた。それはまさに閻魔様の御慈悲やったんかも知れまへん」

それこそが、お理久の役割なのだろうか、と蝶次は思う。

「あるお人が言うてたんどす」

――幾ら辛く苦しいからと言うて、忘れてしまうことが幸せとは限らぬ。人はどれほど重い荷物であっても、一旦（いったん）背負うたらそれを降ろしてはならぬのだ――

「それができるのも、人が人である証しなんやそうどす」

「人である証し、どすか……」

「嘉助はんが、その荷物を代わりに背負うて行くて言わはるんやったら、わては止めしまへん。せやけど、その荷物を軽（かる）うすることはできます」

「どないしたらええんどすか？」

嘉助は蝶次ににじり寄る。

「儲（もう）けた金で、誰かを助けはったらええのんや。その誰かの中には、白河屋に関わるもんもいてるかも知れん。あの今出川の火事で苦しんだ人の許（もと）へ行くかも知れん。それを一つ一つ積み重ねて行ったら、あんさんも幸せに死ねるかも知れん。そない思うて、生きてみはったらどうどす？」

いつしか、庭はすっかり闇の中に溶け込んでしまった。蝶次は嘉助と並んで、その闇を見つめていた。

泰祐となった重蔵も、あの闇を生きて来たのだろう。降ろすことのできない重い荷物……。密命であったとはいえ、なんの恨（うら）みもない仲間や女たち、それに蝶次の母親の命を奪った罪をじっと見つめながら……。

仏門に入ったのは、彼等の供養をするためだったのだ、そう思った時、蝶次は泰祐の荷を軽くする方法を知っていることに気がついた。

それは、お蝶の方の残した赤子の行く末を、伝えることだ。

しかし、その前に彼にはやらねばならないことがあった。

(黒文字屋の庭を祓わなあかん)

今、ここには幸兵衛の業が渦巻いている。

(そのあとは、唐津屋の寮の庭や)

蝶次は、空の壺を抱えて立ち上がった。

その時、ふと向けた視線の先に、人影が見えた。女のようだ。廊下の端にひそりと立って、こちらを窺っている。

暗がりの中、近寄ってみると、そこにいたのはお稲だった。どうやら二人の話を聞いていたらしい。

「お理久さんから、事の次第を見届けるように言われたんどす」

お稲はその胸に細長い物を大事そうに抱えていた。

「それは、なんどす?」

蝶次の問いかけに、お稲は「七福神の掛け軸どす」と答えた。

「これは元々白河屋のもんやさかい、てお理久さんが返してくれはったんどす」

「どないするつもりどす」

「うちの好きにしたらええて言うてくれはりました。商売を始めるなら、七福神が守ってくれるやろ、そない言わはって」

お稲は掛け軸を、蝶次の前に差し出した。

「これを、山城屋さんに渡して下さい。うちもお咲も、今のまんまで幸せなんや。これで山城屋さんの店が繁盛するなら、あんさんが言うてたように、その儲けで人助けもできますやろ。そうやって償うてくれはったら、それでええんどす」

「幸兵衛さんを許す、て言わはるんどすか？」

「もうこの世にいてへんお人や。きっとあの世で、うちの亭主に散々詫びてはることやろ。七福神のお陰で、白河屋は確かに繁盛はしましたけどな、大切なあの人の命までは、守ってくれへんかった。うちにとっては、これは決して縁起物やないんどす」

そう言って、お稲は静かに涙を流した。

蝶次から七福神を渡された時、嘉助は、吹っ切れたような口ぶりでこう言った。

「分かりました。これは、わてが預からせていただきます」

その顔には、どこか覚悟を決めた者の清々しささえある。

「あんさんの言わはるように、人助けができるよう、商売にも身ぃ入れて生きていきます」

嘉助はそう言って、掛け軸をしっかりと胸に抱くと、蝶次に向かって深々と頭を下げた。

「頭を下げるんは、わてと違います。それは……」と蝶次は慌ててお稲を捜したが、すでにその姿は視界から消えている。

「孝之助はんも……」

その時、肩の荷が下りたのか、顔を上げた嘉助は、いきなりその名を口にした。

「孝之助が、どないしたんどす?」

意外な名前に、蝶次は戸惑ってしまう。

「孝之助はんも、何やら心に重いもんを抱えてはるようどすねん」

その瞬間、ははっと蝶次は笑い出していた。

冗談にもほどがある、と思った。奉公先の息子を騙し、父親に放追させた男に、どんな悩みや苦しみがあるというのだろう。妾の子を追い出したがっていた正妻と手を結び、店の身代を易々と手に入れた、あの男が……。

「弟のように思うていた人を、裏切ったんやそうどす」

詳しい話は知らないが、と、嘉助は蝶次に語った。

「孝之助はんは、普段は気のええお人どすねんけど、お酒が入ると、なんや暗い顔になりますねん」

寄合の席で酒が出て、嘉助は孝之助と隣合わせになった。他の皆が陽気に騒いでいる時に、孝之助が一人で酒を飲んでいる。嘉助は、そんな彼に声をかけた。

――どないしはりました？　悩み事でもおますのかいな――

――わては、ある人に、取り返しのつかないことをしてしもうたんや――

孝之助は重い口を開いた。

「弟のように思うてたもんの足を引っ張って、地べたどころか、地の底に引きずり落としたんや、とか……、なんや、そないなことを言わはるんどす」

酔っ払いがくだを巻いている、ぐらいの気持ちで嘉助はそれを聞いていた。

「それ以上のことは言いしまへん。後は、ただ泣くばかりで……。孝之助はんが泣き上戸（じょうご）やて、その時初めて知りました」

「あの男が、泣いたんか」

蝶次は唖然（あぜん）として、嘉助の話を聞いていた。

「一度きりどしたけどな。ただ、その時、わてはよう分からんなりにこう言いましたんや」

――悪いことをしたんやったら、謝ったらよろしゅうおす――

すると、孝之助はこう答えた。

――それはできひん。謝ったら、あのお人は、わてを許そうとするやろ。わては許されたらあかんのや。むしろ、一生、恨んでいて貰いたい。それほどの事を、わてはしてしもうたんや――

「償いとうても、償いきれん。その時の孝之助はんの気持ちは、今のわてにはよう分かるような気がします」

弟のように……。蝶次は嘉助と別れ、黒文字屋を後にすると、夢尽無屋へ帰る道すがら、その言葉を胸の内で何度も繰り返していた。

（わてかて、ほんまの兄さんのように思うていたんや）

仕事も丁寧に教えて貰った。だからこそ、孝之助の言うことに裏があることなど、微塵も考えなかったのだ。

暗い夜の山道を、黒文字屋の提灯一つを頼りに蝶次は歩いていた。ふと、今、ここにいるのは自分一人なのだ、と思った。

(そうか、今のわてが何をしようと、見ているもんはいてへんのや)

そう思った途端、嗚咽が漏れた。胸の奥底から湧き上がって来る思いに堪えられなくなり、蝶次は、うわーっと声を上げた。木々の梢で眠っていたのか、幾羽かの鳥の羽ばたきが聞こえた。

もう一度、もう一度……と、蝶次は叫んだ。声は木霊となって響いたかと思うと、夜の山に吸い込まれて消えて行く。

気がつくと、涙が溢れて止まらなくなった。

「兄さん、もうええ。わてはとっくに許してんのや」

口に出して言ってはみたが、それが決して孝之助には届かないことは、よく分かっていた。

(兄さんが、そう望んでんやったら、わては決してあんたを許さへん)

「それで、ええんやろ」と呟いて、蝶次は涙を拭ったのだった。

「そうどすか」

お理久は黒文字屋の顚末を聞いても、ただ頷いただけだった。

「秘密語は、戻らへんのどすな」

「わての裁量で、そう決めさせて貰いました」

「父親の秘密に、あのお人が耐えていけると思うてはるんどすか」

お理久に問われて、蝶次はかぶりを振った。

「それは、わてにも分からしまへん」

ふっとお理久はため息をつく。

「迷いもんが、増えるかも知れまへんなあ」

その言葉に、蝶次は怪訝な思いで問いかける。

「迷いもんは、死んでもこの世に未練を残していて、この世に戻りたいと願うとる魂やて聞いてます。不幸な生き方を送ったもんには、この世に未練なんぞないんと違いますか？」

「満足に生きられんかった魂が迷うんどす。幸せに生きられんかったことが、この世の未練になるんどすわ」

「せやさかい、お理久さんは、秘密語を預かってはるんどすか？　人を幸せに死なせるために……」

やはり、それが、閻魔の使い女の役目なのだろうか。

「左蔵の鍵を開けておきました」

蝶次の問いには答えず、お理久は唐突にそんなことを言った。蝶次が面食らっていると、さらにお理久は言葉を続ける。

「あんさんが、欲しいて言うてはった二つの壺を渡します」

お理久は突き放すように言った。

「その代わり、あんさんには生涯、夢尽無屋で働いて貰います」

「へえ、承知してます」と蝶次は頷いた。

左蔵の中に一歩踏み込むと、ぽつ、ぽつ、と明かりが灯り始めた。一つ、また一つと燭台の蠟燭が灯っていく。梁の見える天井まで続く高い棚に、整然と青磁の壺が並んでいる光景は、以前から変わってはいなかった。

ただ違うのは、入ってすぐ目に付く所に、喜十郎とお里の壺が並んでいたことだ。探す手間を省いたのか、他の壺の名前が、蝶次の目に留まらないようにするためなのかは、分からなかった。

ここにある棚の壺は、蝶次が手を触れるだけで弾けるように壊れてしまう。それを思うだけで、ひどく緊張して来る。

「壊して良いのは、二つだけじゃ」

いつの間にそこにいたのか、傍らで若君が囁いた。

「へえ、喜十郎とお里の壺だけどす」

蝶次は壺に視線を向けたまま、答えた。

「壺を壊せば、どうなるか分かっておるだろうな」

念を押すように若君が言った。

「それはもう……」

お津矢の壺が壊れた時のことを、蝶次は思い出した。

「秘密語が、本人の許へ帰るんどすやろ。わては吉さんに、喜十郎の記憶を取り戻して貰いたいんどす」

「しかし、そのことを、吉は望んではおらぬのだろう?」

言われてみれば、どこか頑なに嫌がっている節がある。当然だ、と蝶次は思った。

喜十郎は、実母であったお津矢のために、佐平治殺しの罪を被って、行方知れずになったのだ。実際は、佐平治の死は不慮（ふりょ）の事故で片づけられたが、喜十郎はそれを知らない。

それだけではなく、喜十郎に戻ったところで、父親違いの兄と妹では、もはや夫婦にはなれなかった。

その事実が千寿に知れることを、喜十郎は何よりも怖れていた。何も千寿に教える必要はない。しかし、黙ったまま隠し通すには、それなりの理由がいる。

「せやから言うて、いつまでも逃げ続けてるのんは……」

卑怯（ひきょう）だと蝶次は思う。すべてを知らせなくても良い。お津矢の罪と、子供を死産していたことは、すでに千寿の壺の中で眠らせてある。

「せめて二人が添い遂げられん理由くらいは伝えてあげへんと、千寿さんはいつまでも、喜十郎を待ち続けることになります」

蝶次は決意を込めて喜十郎の壺に手を伸ばした。

その時、蔵の扉がギギイと開いた。

「俺がやる」

大きな人影が、ぬっと光の中から現れた。吉だった。

「なんで、あんさんがここに？」

驚いている蝶次の身体を、グイと押しのけるようにして吉は言った。

「俺が預けた秘密語や。壺は俺の手で割る」

「せやけど、あれほど嫌がってはったんと違いますか？」

すると、吉は蝶次を振り返ってこう言った。

「『人はどれほど重い荷物でも、一旦背負うたら、降ろしてはならぬ』て、あんた、そない言うてたな」

それは、蝶次が嘉助に言った、泰祐和尚（おしょう）の言葉だった。

「あの時、あんさんも聞いてはったんどすか？」

宵闇（よいやみ）に沈む庭の片隅で、二人の会話に耳を傾けていたのはお稲だけではなかったのだ。

「あの嘉助て男が暴れたんで、黒文字屋の庭はひどい有りさまや。嘉助に痛め付けられて、庭が泣き叫んでいた。俺に助けを求めてたんや」

「あんさんは庭師や。声が聞こえるのは当たり前どす」

うむと吉は大きく頷（うなず）いた。

「わてが庭師やったことは、なんとのう分かってた。黒文字屋の庭を整える時、身体が勝手に動いたんや。『駒屋の技や』て言われたことかてある。秘密語を預ける時、もう二度と思い出すことはないと思うてたんやが、身体の記憶は残ってたらしい」

「ほな、喜十郎に戻る決心はできたんどすな」

蝶次は声音を強める。

「俺が駒屋の庭師の喜十郎やったら、あの庭を元に戻すことができる筈や」

「そうどす。あんさんは、駒屋の先代芳継の弟子やったんやさかい……」

蝶次の胸が熱くなった。ほんの一時、庭師の真似事をしただけの蝶次だったが、妙に誇らしい気持ちが胸の内に湧き上がって来る。

吉は喜十郎の壺に触れた。バリンッと青磁の肌が裂け、続いて弾けるように壺が割れた。

ぱっと強い輝きが起こり、辺りが真っ白に変わる。

割れた破片が飛び散る中、喜十郎は力強い足取りで蔵を出て行ったのだ。

(これで、駒屋への義理は果たした……)

去って行く喜十郎の後ろ姿を見ながら、蝶次は安堵していた。駒屋に喜十郎が戻れば、無事に唐津屋の寮の庭は蘇るだろう。

「さて、次はそなたの番だな」

分かってます、と蝶次はお里の壺の前に立った。

お里の秘密語がなんであるのか、蝶次には詳しいことは分からない。ただ、いかなる経緯で、蝶次がお理久の手からお里に渡ったのか、それを知りたかった。お里の子供はどうなったのか？　それとも、最初からいなかったのか。まさか、須磨屋に渡して金を得るために、親のいない蝶次を引き取ったのか……。確かめるのは、かなり怖い。

いずれにせよ、その秘密語は、夢尽無屋に葬りたいと思うほど、お里には重い出来事であった筈だ。

蝶次は思い切って壺に両手を伸ばした。

嘉助も吉も勇敢だと思った。泰祐もまた立派だった。

（わてにも、勇気はある）

磁器の肌に触れた瞬間、掌（てのひら）が焼けるように熱くなった。

其の三

蝶次は、夜の街道を一心不乱（いっしんふらん）に歩き続けた。

日が昇った頃、高瀬川の辺にまで帰って来たが、なかなか足が早瀬に向かなかった。待っているのは真実だ。自分にとって、それがどんなものなのか、考えただけでも胸が塞がる思いだった。

（ほんまのことを聞くだけや。わてが、あのお蝶の方の子供かどうか……）

いずれにせよ、蝶次が須磨屋へ行くまでは、お里に育てられたのには変わりはない。

蝶次は心を決めて、早瀬の勝手口の暖簾を潜った。竈の上では鍋が煮えていて、米も炊きあがっている。本来ならば、店の者等が朝餉を取っている頃だ。それなのに、人の姿がない。

「あっ、蝶次さん」

お美代の声がした。その声にお松が現れる。

「お松さん、どないしたんや、店は……」

その瞬間、蝶次はお松に強く腕を取られていた。

「今まで何をしてはったんや。顔も出さんと……」

お松は蝶次を叱りつけるように言った。

「女将さんが大変やていう時に……」

「女将に、何があったんや」

ただならぬお松の様子に、蝶次はますます不安になる。

「女将さんが、起きて来はらへんのどす」

お松の代わりに、お美代が言った。

「どういうことや」

お里は朝が早い。ところが今日に限って、お里は姿を見せなかった。食事の用意が整ったので、お美代がお里の寝所に入った。ところが、お里は寝床の中にいて、どれほど呼びかけても一向に目覚めないのだ。

「店のもんが、医者を呼びに行ったところどす」

蝶次はお里の寝所に向かった。お里は布団の中で眠り続けている。

「お母はん、どないしたんや。早う、目を覚ませっ」

蝶次が揺さぶってみたが、やはりお里は目を開こうとはしなかった。

胸に耳を当ててみると、今のところ、心の臓は動いているようだ。しかし、その鼓動は弱く、今にも消え入りそうだった。

「しっかりするんやっ。わてはあんたに聞かななならんことがあるんや。今、死んだら、わてが困るんやっ」

お里の顔を覗き込んで、蝶次は何度も呼びかけた。

「女将さん、しっかりして下さい。今、医者が来ますさかい……」

気丈なお松が、泣きそうな声で懇願していた。お美代はと言えば、もうすでにすすり泣いている。

蝶次の目頭が、しだいに熱くなって来た。

「頼むさかい、起きてくれ。わての母親は、あんたや。あんたしかいてへんのや」

繰り返している内に、涙が零れ、お里の顔に雨粒のように降りかかった。

ふいに、お里の胸が大きく動いた。その口から、はあっと深い息が漏れる。

「お母はん、わてや。蝶次やっ」

声を上げると、お里の目はぽっかりと開いた。

「気がついたか」

蝶次は安堵したように、腰を落とした。良かった、と心から思った。

お里はゆっくりと半身を起こした。しばらくの間、窺うように蝶次の顔を見つめていたが、やがてその口を開いてこう言った。

「あんた、誰や？」

唖然としている蝶次を押しのけて、お松がお里に縋りついた。

「女将さん、しっかりして下さい。蝶次さんどす。女将さんの息子の蝶次さんどす。まさか、わてらのことまで、忘れてしもうたんどすか」

「お松、それに、お美代……」

お里は呟くと、我に返ったような顔になる。

「何をしてはりますのや。朝餉の用意して、店のもんに食べさせへんと。昼の客が来はるのに間に合わへんえ」

叱咤するように、お里は言った。

「お松さん、お美代」

蝶次は戸惑っている二人の顔を交互に見た。

「ここは、お母はんと二人にしてくれ。少し頭がおかしゅうなっとるだけや。わてが、ちゃんと元に戻すさかい……」

お里の様子が変なことに怖れを感じていたのか、二人はすぐに腰を上げた。

「医者が来ても、わてが呼ぶまで待つように言うてくれ」

「ほな、よろしゅうお願いします」

いつもは蝶次に横柄な口を利くお松だったが、さすがにこの時は素直に従う。

「あんさんは、何もんどす？」

お里は不審げに蝶次を見ている。

お里にいったいどんな記憶が蘇っているのか、蝶次は知ろうと思った。少なくとも、お里の記憶の中には、息子はいないらしい。

「あんたの息子や。わてを産んだことも覚えてへんのか？」

蝶次はお里の両腕をそっと摑むと、顔を近づけるようにして問いかけた。

「この顔に、見覚えはないんか？」

「子供は……。子供は、確かにいてた」

お里は思い出そうとするように首を傾げた。

「父親は須磨屋の源次郎や。そうやろ」

お里は小さく頷いた。

「その子は、どないしたんや」

「子供は、子供は……」

突然、お里はわっと声を上げて泣き始めた。

「生まれて間もなく、熱病に罹ったんや」

お里の赤子は高熱を出し、今にも死にそうになった。

「そこへ女が赤子を連れて来た」

――こちらの御子さんが、重い病て聞きましたんや。それで、うちが助けようて思いましてなあ――

女は、お里の子と同じぐらいの子供を抱いていた。

――医者にも見放されてしもうてます。どないしたらええんどす？――

すると、女は病に苦しんでいるお里の赤ん坊の隣に、その子供を寝かせたのだ。

――この赤子に病を移せば、あんさんの御子は助かりますえ――

蝶次は思わず息を呑んだ。

お理久が連れて来たなら、それは紛れもなく蝶次の筈だ。お里は自分の子供を助けるために、お蝶の方の赤子を、身代わりにしたと言うのだ。

翌日、お里の赤子の熱は下がった。それと同時に、女が連れて来た赤子は息を引き取った。

「ほな、わては、お蝶の方の子やないんやな。ほんまにあんたの子供なんやな」

しかし、ならば、なぜ意識が戻ったお里に、蝶次が分からなかったのだろうか。

（それにしても、なんちゅう酷い話や）

お蝶の方が、その死に際に必死で守ろうとした赤子であったのに、お理久はむざむざと死なせたというのか……。

「うちの子の命は助かったんや。身代わりになってくれた子には、心から申し訳ないて思うた。せやけど、仕方がなかったんや。あの時は……」

亡くなった赤子を抱いて、お里は詫びた。それから、自分の子供を助けてくれた礼を何度も口にした。

――おおきに、堪忍なあ――

その時、女はお里に言ったのだ。

――亡うなったのは、その子や無うて、あんさんの御子どす――

女の言葉に、お里は驚いた。どう見ても、生きているのは自分の子供の方だ。

「その女は、魂が入れ替わったんや、てそないなことを言うんや」

「魂が入れ替わった？」

「不思議な話や。うちの子と、その赤子との魂が入れ替わった、て……」

――あんさんの子は亡うなる運命どした。元々、命が弱かったんや。せやけど、あんさんには、どないしても生きていて貰わなあかん理由がおますのやろ――

「乳から離れたら、須磨屋に渡す、て、そないな話になってたさかいなあ」

（つまり、お蝶の子供は、お里の子の身体の中で生きている。そういうことか）

何者でもないものに……。ただ生きていてさえくれたら……。

お蝶の方の願い通り、蝶次は何者でもなくなったのだ。

「うちは気味が悪うおました。魂が違うて言われたら、まるで他人の子のような気がして来た。せやさかい、育てられるかどうか、自信が無うなってしもうた」

そのことを訴えると、女は壺をお里の前に置いた。

――あんさんの秘密語をこの壺に納めたら、何もかも忘れられますえ――

蝶次は思わず言葉を失っていた。

「わてと離れて、どないやったんや」

しばらくして、蝶次はお里に尋ねた。

「辛(つろ)うおした。悲しゅうおした。最初の数年は、毎晩のように、あんたのことを思い出して泣いてましたわ。せやけど、須磨屋へ行くんが、あんたのためや、て、そない思い込んでたさかいなあ。後で、どないに悔んだか……」

「わてが、須磨屋を勘当されて訪ねて来た時、邪険(じゃけん)にしたんは？」

「今さら、嬉しいなんぞ言えしまへんやろ。うちを憎んでくれる方がええて、そなる。

意外な言葉がお里の口を突いて出て来た。蝶次の胸の奥が何やらじわりと熱く

「今はどうや。すべて思い出したんやろ。その、わての魂が、他人のもんやと

……。気味が悪いんは、変わらんのと違うか？」

――あんたは、誰や――

目覚めてすぐに蝶次にその言葉を言った時、お里の目は明らかに他人を見るよ

うだった。

「阿呆らしい話や。うちもあの時は、ようそんな話を信じたもんや。若かったさ

かい、仕方おへん」

「死んだ子供のことは……」

「あの子が、あんたに命を分けてくれたような気はしてるんや。すっかり忘れて

しもうて、ほんまに申し訳ないことをしたわ。今度、お寺さんで供養をして貰い

ます」

「多門寺で供養したらええ」

蝶次はすかさず言った。

（その方が喜ばはるやろ）

重蔵も……。お蝶の方も……。

それにお里の産んだ子も、きっと喜ぶに違いない、そう蝶次は思った。

蝶次は懐を探った。

そこには、あの蝶の櫛がある。

「これ、やるわ」

蝶次は少し照れながら、櫛をお里の前に差し出した。

「それはあんたのお守りやろ」

「わての母親のもんや。せやさかい、お母はんにやるわ」

蝶次が髪に挿してやると、お里は、花が開いたように笑った。

「ところで」と、蝶次はあることを思い出した。

「赤子を連れて来た女は、秘密語を納める代わりに、何か求めへんかったか？」

秘密語を預かる折、お理久は必ず「預かり賃」を要求する。

「せやなあ」と、お里は首を傾げた。

しばらく考えてから、「ああ、せやった」と、蝶次を見た。

「こない言うてはったわ」

——将来、この子が大人になったら、うちが貰いますよって——

其の三

嘉助によって荒らされた黒文字屋の庭は、すっかり元通りになった。喜十郎は駒屋に戻り、長い間の留守を詫びた。皆は喜び、芳太郎は涙でぐしゃぐしゃになった顔で笑っていたと、後でお冴から聞かされた。

夏が終わる頃、唐津屋の寮の庭は、駒屋芳継の庭として立派に蘇った。喜十郎を待ち続けた千寿は、やっと再会を果たした。その二人の間で、どんな話が交わされたのかは分からない。

ただ、高麗屋に寮が売り渡された後、千寿の縁談が決まったことを、蝶次は芳太郎から聞かされた。

嫁ぎ先は、なんと高麗屋だという。高麗屋の主人は三十代の後半だった。商売に熱を入れるあまり、まだ妻帯していなかった。唐津屋の寮に招かれた折、もてなしてくれた千寿に一目ぼれしたらしい。

佐平治が殺され、死産した赤ん坊が埋められていた庭は、喜十郎の差配する駒屋の庭師たちによって、見事に祓われていた。

蝶次は相変わらず、西町同心、神島修吾の御用を手伝う日々だ。

結局、蝶次は泰祐に、己の出生については話さなかった。話しようがなかったのだ。

お蝶の方の語も、蝶次自身の語も、己の心の語り蔵に、今はしっかりと納まっている。

（それでええんや）と、蝶次は思う。

泰祐は残りの人生を、重い荷を背負って歩き続けるのだろう。孝之助も嘉助も、きっとそうやって生きて行くのだ。

一度だけ、夢尽無屋を訪ねようと化野へ行ったことがある。

だが、どれほど歩き回っても、ついに夢尽無屋もあの二つの蔵も、蝶次は見つけることができなかった。

黒文字屋はあった。しかし、もはや看板に「むじな宿」の文字はなかった。

「お客はん、お泊りどすか」

元気の良い娘の声が聞こえた。見ると、お咲だ。懐かしさが湧き上がったが、お咲の方は蝶次に気がつかない。

「女将さんは、いてはりますか」と問うてみた。

「少し待っておくれやす」

お咲は中に入ると、しばらくして一人の女を連れて現れた。

「お母はん、呼んではったんは、このお客はんどす」

「へえ、なんどすやろ」

そう言って蝶次に笑いかけたのは、お稲であった。

お稲も、蝶次を知らないようだ。

「夢尽無屋て質蔵が、この辺りにあると聞いたんどすが……」

尋ねてみたが、二人とも怪訝な顔で首を振るだけだった。

あの女はなんだったのだろう、と蝶次は思う。

壺の中に他人の秘密語を預かる女と、それを守る二人の蔵神(くらがみ)……。思い出す度(たび)に、寂しさで蝶次の胸はキリリと痛む。

しかし、いつか再び会える日が来るだろう。何しろ、蝶次はお里の秘密語の預かり賃なのだから……。

初秋の風が頬を撫(な)でる。目の前を赤とんぼの群れが行き過ぎた。道端の鬼灯(ほおずき)が夕暮れの色に染まっている。見上げれば、南の空に浮かんでいるのは上弦の月だ。

――半月の夜には、あの世とこの世の扉が開く――

彼等は今、その扉の向こうにいるのだろうか？

――いったい、あんさんは何もんどすか――

そう尋ねた蝶次に、お理久は言った。

――あんさんは、自分が何もんか知ってはりますのか――

きっと、お理久にも分からないのかも知れない。

(わては何もんでもない。せやさかい、何もんにもなれる)

ならば、自分はムジナになろうと蝶次は思った。

夢尽無屋の蝶次に……。

解説——忘れたくても忘れられない記憶を抱えて人は生きる

文芸評論家　大矢博子

知りたくなかったこと。忘れたいこと。ひとりで抱え込むのが辛いこと。人は誰しも、そんな重荷を抱えている。

知らなければ何ということもなく幸せな日々が続いたはずなのに、知ってしまったばかりに、疑いや不安に苛まれる。そんな出来事。常に心が囚われ、何をしていてもふとそのことが頭をよぎり、取り返しのつかないことを何度も反芻しては心が疲弊していく。そんな記憶。他人に知られないように細心の注意を払い続けるうちに、自分の輪郭がわからなくなるような絶望に襲われる。そんな秘密。

人によって軽い重いの差こそあれ、そんな鬱屈は何もないという人の方が少ないのではないか。

ではその記憶や秘密を預かってくれる——忘れさせてくれる存在があるとしたら、あなたはどうするだろう？

三好昌子の『世迷い蝶次　むじな屋語蔵』は、そんな記憶や秘密を抱えた人と、それを「預かってくれる」妖の物語である。

記憶の消去や改変を扱う作品は多く、大抵はＳＦに分類される。有名なところでは、「トータル・リコール」のタイトルで映画化されたフィリップ・Ｋ・ディックの短編「追憶売ります」（現在はハヤカワ文庫『トータル・リコール』所収）や、二〇一三年の映画「オブリビオン」が典型例だろう。また、二〇二〇年に山田涼介主演で映画化されたばかりの織守きょうや『記憶屋』（角川ホラー文庫）は、まさに本書同様、辛い記憶を忘れさせてくれる謎の存在を中心に据えたファンタジックホラーだ。

ざっくり分類するなら、本書はそれら記憶ＳＦの系譜に連なる時代小説版だ。だがそれだけで括ってしまうと、本書の魅力を見逃すことになる。

本書には、市井もの時代小説の持ち味である人情の機微と情景描写、妖が登場するファンタジーに欠かせない謎めいたキャラクター、記憶ＳＦの特徴である緻密な論理的構成、「このミステリーがすごい！大賞」出身者である著者らしい意外性に満ちた謎解きの妙――これらすべてが備わっているのだから。

それぞれを解説する前に、まずは本書のアウトラインを紹介しておこう。

京で西町同心の御用を手伝う蝶次は、ある日、庭師の駒屋から相談を持ちかけられる。絹問屋唐津屋の先代女将・津矢と娘の千寿が住んでいた寮を、津矢の病死を機に売ることになった。津矢は生前なぜか庭の手入れを拒んでいたので、今は荒れ放題。そのため駒屋に手入れの依頼が来たのだが、千寿が頑として寮から出ないと言い張っているという。兄である唐津屋の主人も駒屋の親方もなんとか千寿を説得したく、蝶次に話が来たのだ。

　ところが蝶次は千寿から意外な言葉を聞く。

「この庭には、母の秘密が埋まってます。せやさかい、幾ら兄に言われても、うちは出て行く訳にはいかへんのどす」

　実は津矢は生前、ある秘密を「夢尽無屋の理久」という女性に預け、その預かり賃として津矢の死後には寮の庭を譲り渡す契約になっているのだという。誰にも言えないような重く辛い記憶を抱えたままでは人は幸せになれない。夢尽無屋はそんな記憶を預かる――つまり本人に忘れさせる店らしい。預かり賃を払わなければ、その秘密を他の誰かに明かすという。

　あまりに荒唐無稽な、そして阿漕な話である。だが、ずっと沈んでいた津矢が理久と会った日を境にすっかり元気になったのは確かなのだ。蝶次は事情を探るべく、夢尽無屋のある化野へ足を運んだ……。

少々長くなったが、これが物語の導入部である。

この一件をきっかけに蝶次は夢尽無屋で働くことになるのだが、そこに理久と証文を交わした他の客の話や、蝶次自身の過去などがからみ、事態は思わぬ方向へと動いていく。

読み始めてまず目を引かれるのは、著者の御家芸でもある情景描写の見事さだ。物語の始まりは雨の中で蝶次が偶然理久と行き合う場面なのだが、騙されたと思って最初の二ページを読んでみていただきたい。春の夜、柔らかな銀の雨、傍らの高瀬川を二十石舟が下る。傘もささずに歩く美しい女が、蝶次の声につと立ち止まり、振り返って——。「使うておくれやす」と傘を差し出す蝶次、「おおきに。せやけど、傘を持つ手が空いてしまへんのや」と返す女。

この二ページですっかり魅入られてしまった。映画のワンシーンを見ているかのようだ。景色だけでなく、空気、温度、雨が顔に降りかかるその感触まで、実際に体感したような錯覚を覚えた。時間がゆっくり流れていくような気がした。柔らかな京言葉がどこか浮世離れした雰囲気を醸し出し、それなのに生活感もちゃんとある。そこから一転、日常が戻る瞬間の場面転換の巧さ。

三好昌子は世界を映像的に描き出すのが抜群に上手い。これはデビュー作『京の縁結び　縁見屋の娘』（宝島社文庫）から、いやデビュー前に松本清張賞の最終選考に残った（のちに『群青の闇　薄明の絵師』としてハルキ文庫から刊行）ときから注目されていたことだ。登場人物のいる部屋の様子、庭の様子、往来の様子、そこに咲いている花や行き交う人々、生活用品、料理、天気、空気に漂う香り、光の当たり方、陰の描写などなど、三好昌子はまるで眼前に浮かぶかのように鮮やかに描き出す。これは著者に油彩画の経験があることも大きいかもしれない。

もちろん情景だけではない。その筆力は人物描写にも遺憾無く発揮されている。威厳ある住職と、可愛くも小生意気な小坊主。懐の深い庭師の親方。記憶を失ったまま働く朴訥な下男。中でも、衝撃の事実を知らされた人物の心が壊れていく描写は圧巻だ。

いや、人だけではない。本書に登場する多くの「人ならぬ者」も、まるでそこにいるように三好昌子は紡ぎ出す。烏帽子姿の公家の妖や癪に障る婆の妖、記憶をしまう光る壺など多分に素っ頓狂な設定の存在が、不思議なことにリアルに立ち上り、文字だけなのに彼らの声まで聞こえてくる気がするのだ。

幻想的にして幽玄、それなのにリアルで血肉がある。それが三好昌子の世界だ。ところがこの描写の屋台骨を支えているのは、驚くほど緻密に構成された論理展開なのである。

本書の設定にはいくつかのルールがある。「秘密の記憶を預かる」「預かった記憶は本人から消える」「本人の死後、預かり賃の約束が果たされないときは、最も身近な人物にその秘密が届けられる」「預かった秘密を入れた壺が割れたときにも、同じ人物に秘密が知らされる」――これらのルールをもとに物語は構成される。そしてひとつひとつの秘密があきらかになったとき、そこには最初から周到に計算された仕掛けがあったことに驚くだろう。

それはＳＦとしての世界の論理構成だけではなく、ミステリとしての効果も挙げている。先代の主人が事故死したとされる庭、第一発見者の妻、それ以来行方のわからない娘の恋人、そして秘密が庭に埋まっているとくれば、おそらく大方の読者はある展開を予想するのではないか。だが、これだけは言っておこう。その予想は、はずれる。のみならず、もっと衝撃的な真相が待っている。メインとなる事件だけではない。意外なところで明らかになる事実。思わぬところに仕込まれた伏線。知らされずにいた秘密。サプライズは随所にある。実に見事だ。

つまり本書は、時代小説ファンやファンタジーファン、SFファン、ミステリファンまで、広範囲にお楽しみいただける小説なのである。

ただしここまでは小説技巧の話。それらすべての要素がひとつのテーマに収斂される、そのテーマこそ本書のキモだ。

辛い記憶は忘れた方が幸せなのか。それとも忘れずに立ち向かうべきなのか。そんな問いかけが、本書の根底には流れている。

もしも本当に忘れることができるのならば、忘れたい、忘れた方がいいと思えるような悲惨な話はたくさんある。けれど現実には、夢尽無屋は存在しない。理久もいない。『世迷い蝶次 むじな屋語蔵』は、秘密の記憶を預かるという非現実的な存在を使うことで、それがない世界で、ではどうすればいいのか、どう考えればいいのかを、さまざまな状況を提示しながら読者に伝えているのである。

本書には忘れることを選んだ人が多く登場する反面、敢えて夢尽無屋を頼らず、秘密を抱えたまま前を向いて生きていく人々も登場する。どうか彼らに注目願いたい。そこにある力強さは、きっと読者にも勇気と力を与えてくれるに違いないから。

一〇〇字書評

世迷い蝶次　むじな屋語蔵

切り取り線

購買動機（新聞、雑誌名を記入するか、あるいは○をつけてください）	
□（　　　　　　　　　　　　）の広告を見て	
□（　　　　　　　　　　　　）の書評を見て	
□ 知人のすすめで	□ タイトルに惹かれて
□ カバーが良かったから	□ 内容が面白そうだから
□ 好きな作家だから	□ 好きな分野の本だから

・最近、最も感銘を受けた作品名をお書き下さい

・あなたのお好きな作家名をお書き下さい

・その他、ご要望がありましたらお書き下さい

住所	〒				
氏名		職業		年齢	
Eメール	※携帯には配信できません	新刊情報等のメール配信を 希望する・しない			

この本の感想を、編集部までお寄せいただけたらありがたく存じます。今後の企画の参考にさせていただきます。Eメールでも結構です。

いただいた「一〇〇字書評」は、新聞・雑誌等に紹介させていただくことがあります。その場合はお礼として特製図書カードを差し上げます。

前ページの原稿用紙に書評をお書きの上、切り取り、左記までお送り下さい。宛先の住所は不要です。

なお、ご記入いただいたお名前、ご住所等は、書評紹介の事前了解、謝礼のお届けのためだけに利用し、そのほかの目的のために利用することはありません。

〒一〇一－八七〇一
祥伝社文庫編集長　坂口芳和
電話　〇三（三二六五）二〇八〇

祥伝社ホームページの「ブックレビュー」からも、書き込めます。
www.shodensha.co.jp/bookreview

祥伝社文庫

世迷い蝶次（よまよいちょうじ）　むじな屋語蔵（やかたりぐら）

令和 2 年 6 月20日　初版第 1 刷発行

著　者　三好昌子（みよしあきこ）
発行者　辻　浩明
発行所　祥伝社（しょうでんしゃ）
東京都千代田区神田神保町 3-3
〒 101-8701
電話　03（3265）2081（販売部）
電話　03（3265）2080（編集部）
電話　03（3265）3622（業務部）
www.shodensha.co.jp
印刷所　堀内印刷
製本所　ナショナル製本
カバーフォーマットデザイン　中原達治

Printed in Japan ©2020, Akiko Miyoshi　ISBN978-4-396-34640-9 C0193